Wolfgang Schüler
Der goldene Zwerg

Wolfgang Schüler ist ein ausgewiesener Spezialist für historische Literatur. Er hat inzwischen mehr Sherlock-Holmes-Romane veröffentlicht als sein großer Lehrmeister Arthur Conan Doyle. Wolfgang Schüler verfasste außerdem die erste deutschsprachige Edgar-Wallace-Biografie und das Handbuch zur Kriminalliteratur *Im Banne des Grauens*. Er ist Mitglied in der *Deutschen Sherlock Holmes Gesellschaft* (DSHG), im *Syndikat*, der Autorengruppe deutschsprachiger Kriminalliteratur, sowie im Literaturverein *FürWort*.

Wolfgang Schüler

Der goldene Zwerg

Edgar Wallace ermittelt

Originalausgabe
© 2016 KBV Verlags- und Mediengesellschaft mbH, Hillesheim
www.kbv-verlag.de
E-Mail: info@kbv-verlag.de
Telefon: 0 65 93 – 998 96-0
Fax: 0 65 93 – 998 96-20
Umschlaggestaltung: Ralf Kramp
unter Verwendung von: © Bolkins - www.fotolia.de
Redaktion: Volker Maria Neumann, Köln
Druck: CPI books, Ebner & Spiegel GmbH, Ulm
Printed in Germany
ISBN 978-3-95441-286-0

Für meinen Freund »Charlie« Jörg Schaden, der mich
sehr ermuntert hat, dieses Buch zu schreiben.

Vorbemerkung des Autors:
Dies ist ein Roman und kein Tatsachenbericht, auch
wenn viele der handelnden Personen tatsächlich gelebt
haben und in der Wirklichkeit wahrscheinlich ähnlich
gehandelt hätten.

Personenverzeichnis

- John Arranways, Richter
- Gregory Brixan, Constabler
- James Cottonfield, Henker
- Dr. Leslie Craig, Anthropologe
- Robert Curtis, Privatsekretär von E.W.
- Robert Downs, Butler von E.W.
- E'tznab'ix, Hohepriester der Mam-Maya
- Graham Fowles, Chauffeur von E.W.
- Robert Gaskell, Butler des Bankiers
- Ernst Gennat, Kriminalkommissar
- Stan Goodman, Kammerdiener von E.W.
- Paul Graetz, Theaterregisseur
- Dorothy Lawrence, Dienstmädchen des Bankiers
- Wesley Mayford, Gefängnisdirektor
- Henry Arthur Milton, eine als der »Hexer« bekannt gewordene Romanfigur von Edgar Wallace

- Peter Muldoon, Inspektor von Scotland Yard
- Pa'chan – König der Mam-Maya
- David Osborne, Chefinspektor von Scotland Yard
- Charles Summer, Polizeisergeant
- Dr. Raymond Tickler, Humangeograph
- Bryan Wallace, Sohn von E.W.
- Edgar Wallace, Kriminalschriftsteller
- Violet Wallace, seine Ehefrau
- Baron von Westen, Hoteldirektor
- Samuel Wordsworth, Bankier

Inhaltsverzeichnis

Vorwort

»Meine Schule. Eine große gelbe Baracke, an einer Stelle
errichtet, wo sich früher eine Müllgrube befunden hatte,
in die das Gebäude nun Stück für Stück versank. Wir pflegten
Kreidestriche an der Wand kurz über dem Boden anzubringen,
um das Sinken feststellen zu können. Und jeden Morgen,
wenn ich um die Ecke der Reddins Road in Peckham bog und
die Volksschule noch an ihrem Platz stehen sah, war ich von
einem Gefühl hilfloser Enttäuschung erfüllt.«

Edgar Wallace, *People*

Ende der Zwanzigerjahre des vorigen Jahrhunderts
hatte der weltberühmte englische Kriminalschriftsteller Edgar Wallace (1875-1932) den Zenit seines
Erfolgs erreicht. Jedes vierte in Großbritannien ver-
kaufte Buch stammte aus seiner Feder. Die Gesamtauf-
lage seiner mehr als hundert Detektivromane und Dutzenden Abenteuererzählungen hatte die Millionen-
grenze bereits weit überschritten. Doch nicht nur in

England, auch auf dem Kontinent und in den USA war das Edgar-Wallace-Fieber ausgebrochen. Der 1926 vom Wilhelm-Goldmann-Verlag in Leipzig kreierte Werbespruch »Es ist unmöglich, von Edgar Wallace nicht gefesselt zu sein!« wurde zum geflügelten Wort.

Edgar Wallace hatte ein hartes Leben gehabt. Er war als unehelicher Sohn einer Wanderschauspielerin geboren worden und in größter Armut als Pflegekind in der Familie eines Hafenarbeiters aufgewachsen. Nach einer kurzen Schulzeit musste er sich als Zeitungsjunge, als Drucker, als Smutje, als Milchmann und schließlich als Soldat durchs Leben schlagen. Er kämpfte im Burenkrieg in Südafrika und brachte sich nebenbei im verbissenen Selbststudium das Schreiben bei.

1899 gelang es ihm, sich von der Armee freizukaufen und sich als Kriegsberichterstatter zu verdingen. Sein unaufhaltsamer Aufstieg hatte begonnen, der ihn über verschiedene Zwischenstationen bis an die Spitze der Gesellschaft führte.

Im Frühjahr 1929 wurde Edgar Wallace von der Zeitschrift *Topic of the Day* um ein Interview gebeten. In dem Gespräch behauptete der Self-Made-Man voller Überschwang, dass er a) seit seiner frühesten Jugend engen Kontakt zur Polizei halte, b) selbst jahrelang Polizist gewesen sei und c) häufig um Rat bei der Lösung schwieriger Kriminalfälle gebeten werde.

Alle drei Behauptungen entsprangen seiner Phantasie. Die Falschaussagen waren aber deshalb schwer zu durchschauen, weil in jeder von ihnen (wie in allen guten Lügen) ein Körnchen Wahrheit steckte: Edgar Wallace hatte a) als Kind einen Polizisten auf die Spur eines Geldfälschers gebracht. Edgar Wallace war b) während des Ersten Weltkriegs als Hilfspolizist bei der Bewachung des Buckingham-Palastes eingesetzt worden. Und c) fragten ihn tatsächlich alle möglichen Leute nach seiner Meinung zu spektakulären Verbrechen, die damals durch die Presse gingen.

Die *Topic of the Day* druckte das Interview in voller Länge ab. Andere Zeitungen übernahmen den Inhalt ungeprüft. Rund um den Globus entstand der Mythos vom Kriminalexperten Edgar Wallace, der vor allem seine eigenen Erfahrungen als Detektiv literarisch verarbeitete.

Irgendwann wurden auch einige Beamte von Scotland Yard hellhörig. Doch die Kommunikation zwischen den einzelnen Abteilungen ließ zu wünschen übrig. Das führte zu Missverständnissen. Ein Chefinspektor glaubte vom anderen, dass ihm Edgar Wallace als beratender Detektiv zur Seite stehe. Und so geschah es schließlich, dass die Fiktion von der Wirklichkeit eingeholt wurde.

1. Kapitel

»Der Hexer!«, murmelte er. »Am Leben!«
Das Papier in seiner Hand zitterte.

Edgar Wallace, *Der Hexer*

Edgar Wallace trifft den Hexer

Berlin, 12.06.1929

Am 12. Juni 1929 hatte sich am Anhalter Bahnhof in Berlin eine große Menschenmenge versammelt. Sie wartete auf den sächsischen Mittagszug, der pünktlich um 12.15 Uhr eintraf. Aus einem Raucherabteil der I. Klasse stieg ein gut gekleideter Ausländer, ein stark beleibter Mann von Anfang fünfzig. Er nahm seinen runden, steifen Hut ab und schwenkte ihn zur Begrüßung, um sich dann mühsam seinen Weg durch die ihm zujubelnden Massen in Richtung Ausgang zu bahnen. Immer wieder musste er ihm entgegengestreckte Hände schütteln und Autogramme geben. Bei dem Reisenden handelte es sich weder um einen bekannten Politiker noch um einen beliebten Filmstar, sondern um den weltberühmten Kriminalschriftsteller Edgar Wallace. Der britische Erfolgsautor war wieder einmal zu Besuch nach Deutschland gekommen. Nach einer ruhigen Überfahrt hatte er bereits einige Tage in Leipzig verbracht und dort unter anderem seinen Verleger Wilhelm Goldmann getroffen. Auch die Woche in Berlin würde alles andere als erholsam werden. Seit dem sensationellen Erfolg des *Hexer* befand sich ganz Deutschland im Wallace-Fieber. Auf allen seinen Wegen war der Romancier von einem Pulk aus Reportern, Fotografen, Karikaturisten, Literaturagenten und Übersetzern umgeben. In Berlin wollte er seinen neuen Verleger Martin Maschler treffen, der als Kontrast zur roten Reihe der Goldmann-Bücher eine blaue Serie aufzulegen beabsichtigte.

Außerdem hatte der populäre Komiker Paul Graetz darum gebeten, das Stück *Der Zinker* aufführen zu dürfen. Der Meister hatte wie üblich abgelehnt, sich aber aus einer Laune heraus zu einem Besuch im *Deutschen Künstler-Theater* in der Nürnberger Straße überreden lassen. Zu einer Inszenierung würde es nicht kommen. Edgar Wallace führte grundsätzlich bei allen seinen Theaterstücken selbst Regie. Niemals würde er eine solch wichtige Aufgabe einem deutschen Komödianten überlassen.

Vor dem Anhalter Bahnhof stand ein luxuriöses Automobil für den Kriminalschriftsteller bereit, und zwar ein blitzblanker sechszylindriger Hansa. Edgar Wallace stieg nach hinten in die geräumige Cabrio-Limousine ein und ließ sich zum Hotel *Adlon* chauffieren, wo wie üblich eine Suite für ihn reserviert worden war. Sein Sekretär Robert Curtis, der Butler Robert Downs und der Kammerdiener Stan Goodman folgten mit dem umfangreichen Gepäck in einem schlichten Wanderer W 10 nach.

In der riesigen Empfangshalle vom *Adlon* wiederholte sich die Szene vom Bahnhof, nur mit anderem Publikum. Edgar Wallace genoss sichtlich das Bad in der Menge, ließ sich dann aber doch ohne jeden Widerstand von einem großen Herrn mit buschigem Backenbart vor der aufdringlichen Menge abschirmen und zum Aufzug führen.

»Sir, gestatten Sie, mein Name ist Baron von Westen. Ich bin der neue Hoteldirektor. Kommerzienrat Kempkes ist in den wohlverdienten Ruhestand getreten.« In der ersten Etage angekommen öffnete der Baron die Zimmertür zur Suite Nummer drei und versprach: »Seien Sie versichert, dass wir alles tun werden, um Ihnen Ihren Aufenthalt in unserem Hause so angenehm wie möglich zu machen.« Damit deutete er auf einen reich gefüllten Früchtekorb neben einer guten Flasche Champagner. »Es freut uns natürlich sehr, dass Sie sich wieder für unser Haus entschieden haben und nicht für das Hotel *Bristol* nebenan, wo die meisten Engländer abzusteigen pflegen.«

»Das liegt am besseren Service im *Adlon* und an der Nähe zur Kunstakademie, mit der ich mich sehr verbunden fühle«, entgegnete der prominente Gast jovial.

Der Baron verabschiedete sich mit einer angedeuteten Verbeugung.

Edgar Wallace atmete erleichtert auf und zog stöhnend die zwar äußerst eleganten, aber viel zu engen Stiefeletten aus. Er lief auf Strümpfen einige Schritte hin und her, bis die Zehen wieder durchblutet waren, legte dabei Mantel, Jackett sowie Weste ab und schlüpfte in einen rot geblümten Morgenrock, den ihm sein umsichtiger Diener bereithielt. Schließlich streifte sich der dicke Mann bequeme Hausschuhe über und rückte eine bis zum Rand gefüllte Zigarettendose nebst einer Zigarettenspitze aus Bernstein zurecht. »Robert«, meinte er zum Butler, »ich glaube, eine Tasse Tee würde mir jetzt guttun.«

»Sir, wenn Sie sich bitte einen Augenblick gedulden würden. Der Proviantkorb und der Spirituskocher befinden sich noch im Wagen. Soll ich Tee ordern und Goodman in die Hotelküche schicken, damit er dort die Zubereitung überwachen kann?«

»Gute Idee, der Kammerdiener soll sich darum kümmern«, brummelte der Meister. »Die Deutschen besitzen keine Kultur. Sie würden den Tee nur verderben.« Damit ließ er sich in einen gewaltigen, kalbsledernen Fauteuil am Fenster sinken. Er zündete sich eine Zigarette an, sah hinaus und beobachtete interessiert den Trubel auf der Straße *Unter den Linden*.

Edgar Wallace hatte gerade die Augen zu einem kleinen Nickerchen geschlossen, als jemand an die Tür pochte. Der Butler öffnete, und ein aufgeregter Baron von Westen stürmte herein. »Sir, wir brauchen Ihre Hilfe. In unserem Haus hat ein Verbrechen stattgefunden, welches der raschen Aufklärung bedarf«, rief er außer Atem.

Edgar Wallace richtete sich kerzengerade auf. »Was ist geschehen?«, fragte er kühl.

»Vor wenigen Minuten hat ein Stubenmädchen den russischen Großfürsten Igor Stephanowitsch Jakulow in seiner Suite nebenan tot aufgefunden. Er ist ermordet worden. Wenn davon etwas an die Öffentlichkeit dringt, werden uns alle Gäste verlassen. Das kann ich ihnen nicht verübeln, aber es wäre unser Ruin.«

Edgar Wallace litt zwar an maßloser Selbstüberschätzung, aber er war kein Narr. Vor seinem geistigen Auge zeichnete sich ein Schreckensszenario ab: Er würde die Sache vermasseln. Negative Schlagzeilen in den Zeitungen, eine überstürzte Abreise und große finanzielle Verluste wären die Folgen. Aber glücklicherweise erinnerte er sich an einen deutschen Polizisten, der ein großer Fan von ihm war. »Ich werde mich der Sache annehmen, aber ich kann und darf nicht den deutschen Behörden ins Handwerk pfuschen. Verständigen Sie deshalb bitte zuerst Kriminalkommissar Ernst Gennat. Er ist der Leiter der Zentralen Berliner Mordkommission und hat seinen Sitz im Polizeipräsidium am Alexanderplatz. Nur er kann mich dazu autorisieren, den Fall zu übernehmen. Bis dahin werde ich hier in meinem Zimmer warten.«

»Selbstverständlich, wie Sie wünschen«, sprudelte der Hoteldirektor hervor und hastete davon.

Nach einer halben Stunde klopfte es erneut. Edgar Wallace war die ganze Zeit ruhelos hin und her gewandert, denn er meinte, den Namen des Großfürsten vor Kurzem irgendwo gehört oder gelesen zu haben. Es fiel ihm bloß nicht ein, in welchem Zusammenhang.

Vor der Tür stand ein dicker Mann mit hoher Stirn, der Edgar Wallace verblüffend ähnlich sah und deshalb wie ein naher Verwandter wirkte. Er trug einen grauen Ulster mit breiten Revers und Rückengürtel. »Sir, es ist mir eine große Ehre. Ich hätte nicht gedacht, dass wir uns sobald wiedersehen würden. Baron von Westen hat mich umfassend informiert. Ich schlage deshalb vor, dass wir gemeinsam den Tatort besichtigen. Ihre große Erfahrung auf diesem Gebiet wird mir eine wertvolle Hilfe sein.«

Der Schriftsteller atmete tief ein, erhob sich, ging auf seinen Besucher zu und schüttelte ihm die Hand. »Mein Lieber, erwarten Sie nicht zu viel von mir. Ich bin ein Mann der Theorie. Sie sind der Mann der Praxis. Was kann ich schon sehen, was Sie nicht vor mir erkennen würden?«

»Sir, stellen Sie doch bitte Ihr Licht nicht unter den Scheffel. Soweit ich mich erinnere, sind Sie es doch gewesen, der einen wesentlich Beitrag zur Lösung des Crippen-Falls geleistet hat.«

Der Romancier verzog sein Gesicht, als hätte er Zahnschmerzen. Arthur Newton, der überaus geldgierige Strafverteidiger von Dr. Hawley Harvey Crippen, war 1910 an ihn herangetreten und hatte ihm für viel Geld ein schriftliches Geständnis des Gattinenmörders angeboten. Edgar Wallace schaltete die *Evening Times* ein. Die Zeitung kaufte das Manuskript und veröffentlichte in einer Sonderausgabe den kompletten Text. Doch Crippens angebliche Beichte war eine plumpe Fälschung gewesen. Wenige Tage später flog der Schwindel auf. Edgar Wallace war der Blamierte. Die *Evening Times* traf es noch härter. Sie verlor neben der Reputation auch die Leser und ging deshalb bankrott.

Doch weil der Schriftsteller keine Niedertracht im Blick des Kriminalkommissars entdecken konnte, nickte er zustimmend. Baron von Westen, der inzwischen auch eingetreten war, atmete erleichtert auf. Er schien nichts mehr als schmutzige Polizeistiefel zu fürchten, die über die Flure seines Hotels poltern könnten.

»Meine Herren, wenn Sie mir bitte folgen wollen, es sind nur wenige Schritte.«

Die Suite Nummer fünf glich der Suite Nummer drei in vielen Details. Der Salon als der zentrale Raum war ähnlich geräumig und ebenfalls äußerst luxuriös eingerichtet. Auf dem polierten Parkettfußboden lagen dicke Teppiche, von der Decke herab hing ein pompöser Kronleuchter, und die gediegenen Möbel hätten jedem Herrenhaus Ehre gemacht. Sehr schöne Stahlstiche mit ländlichen Szenen schmückten die Wände. Am Fenster stand neben einem braunen Schrankkoffer eine Schneiderpuppe, über die ein Frack mit umgelegter Schärpe gehängt war. Darüber hinaus herrschte im gesamten Salon eine gewaltige Unordnung. Überall lagen aufgeschlagene russische Zeitungen herum. Bunte, türkische und einfarbige, russische Zigarettenschachteln unterschiedlicher Marken bildeten mit vollen Aschenbechern, halb gefüllten Wodkaflaschen und leeren Wassergläsern ein unübersichtliches Gemenge. Aber noch mehr störte der tote Großfürst vor dem Kamin das Bild. Der Hoteldirektor drohte, die Contenance zu verlieren. Sein Gesicht nahm die Farbe seiner Unterwäsche an, als er sich dem Ermordeten weiter als fünf Schritte näherte.

Edgar Wallace hingegen blieb völlig unbeeindruckt. In der Sanitätsstation beim Militärdienst und später im Burenkrieg hatte er viele Tote sehen müssen. Auch wenn inzwischen das Blut in seiner Gegenwart üblicherweise nur noch aus Buchseiten tropfte.

Der Leichnam lag auf dem Bauch, leicht nach rechts gekrümmt, mit ausgestreckten Armen und Beinen. Er trug einen rot-samtenen Morgenmantel von sehr guter Qualität, eine dunkelblaue Tuchhose mit scharfer Bügelfalte, schwarze Socken und gefütterte Lederhausschuhe. Die Stellung, in der er sich momentan befand, ließ weitere Einsichten nicht zu. Um sehen zu können, ob er auch mit einem Oberhemd bekleidet war, hätte der Körper umgedreht werden müssen. Der Kopf des Ermordeten lag auf der Seite, an den rechten Oberarm angelehnt. Die Todesursache schien offensichtlich zu sein: Am Hinterhauptbein, kurz über dem Haaransatz, waren drei Einschussöffnungen sichtbar, die wie Gänge von monströsen Würmern wirkten. Die Schusswunden lagen so dicht beieinander, dass ein Souvereign sie abgedeckt hätte. Aus den Wunden war viel Blut geflossen und zu einem schwarzen See um den Kopf herum geronnen. Es stank – so bildete es sich Edgar Wallace ein – nach Verwesung.

»Ist das Ihre erste Leiche?«, fragte der Kriminalkommissar mitfühlend, als er einen Blick auf den Hoteldirektor warf.

Baron von Westen nickte und schluckte mehrmals.

»Wenn Ihnen unwohl wird, gehen Sie lieber nach draußen in einen der Waschräume«, lautete der gut gemeinte Ratschlag von Ernst Gennat, der seinen Blick durch den Raum schweifen ließ, um sich einen ersten Überblick zu verschaffen.

Der Baron versuchte gar nicht erst, tapfer zu sein. Raschen Schritts eilte er zur Tür hinaus. Als er wenig später zurückkehrte, standen ihm dicke Schweißperlen auf der Stirn. Er presste sich ein gestreiftes Taschentuch vor den Mund und kämpfte mit einem Schluckauf.

»Was für eine Waffe hat der Mörder wohl verwendet?«, formulierte der Kriminalkommissar eine rhetorische Frage und bückte sich.

»Keine Ahnung«, antwortete Edgar Wallace wahrheitsgemäß und vollführte ein gewagtes, akrobatisches Kunststück, indem er in die Knie ging. Ein jäher Kopfschmerz bohrte sich in seine Schläfen. Vergeblich versuchte er, vergeistigt zu wirken. Er ließ seine Augen durch den gesamten Salon wandern, aber er entdeckte nicht den geringsten Hinweis, der ihm hätte weiterhelfen können. Deshalb sagte er: »In meinen Büchern erkennen die Detektive immer auf Anhieb das Kaliber. Ich bezweifele stark, dass das in Wirklichkeit auch geht.«

»Irrtum. Es ist tatsächlich möglich«, ließ sich eine fremde Stimme vernehmen.

Die beiden Männer blickten irritiert auf. Hinter ihnen stand ein schlanker, sehr großer Mann mit scharf gezeichneten Gesichtszügen und markanter Nase. Sein karierter Tweedanzug und die robusten Wanderstiefel ließen vermuten, dass er aus England stammte.

»Oh, pardon«, mischte sich der Baron von Westen ein. »Ich vergaß völlig, Ihnen einen Landsmann von Mr. Wallace vorzustellen. Er ist ein Inspektor bei Scotland Yard. Deshalb habe ich ihn gleichfalls um Unterstützung gebeten. Wenn Sie gestatten, das ist Mister ...«

Kriminalkommissar Gennat unterbrach ihn unwirsch. »Ich glaube, dass der Zuständigkeitsbereich von Scotland Yard an Ärmelkanal endet. Vielen Dank für das Angebot zur Kooperation, aber momentan kommen wir auch sehr gut ohne fremde Hilfe zurecht.«

»Bitte entschuldigen Sie, meine Herren, ich will mich nicht aufdrängen, zumal ich gar kein Polizeibeamter, sondern nur ein Privatdetektiv bin, der lediglich einige Male mit Scotland Yard zusammengearbeitet hat. Ich lasse Sie sofort allein. Aber weil Sie danach fragten, sei mir der Hinweis erlaubt: Es handelt sich um eine .22er.«

»Woher wollen Sie das wissen?«, fragte Edgar Wallace. »Waren Sie bei dem Mord dabei?«

»Keineswegs. Die Erklärung ist elementar: Es gibt nur Einschusslöcher, keine Austrittsöffnungen. Die Kugeln befinden sich noch im Kopf des Opfers. Das deutet auf ein kleines Kaliber hin. Eine elf Millimeter hätte ihm den halben Schädel weggesprengt.«

Der Polizeibeamte grunzte zustimmend. »Was für Munition?«

Der Engländer wandte sich um. Beim Hinausgehen bemerkte er noch: »Einfache Bleigeschosse. Sie verformen sich beim Eindringen und setzen dabei ihre kinetische Energie frei. Mit anderen Worten: Sie haben das Gehirn des Opfers püriert. Ein Vollmantelgeschoss wäre glatt hindurchgegangen.«

»He, he«, rief ihm der Kriminalkommissar hinterher. »Sie haben mich überzeugt. Bitte bleiben Sie. Sechs Augen sehen mehr als vier. Was schlussfolgern Sie daraus, dass der Mörder ein kleines Kaliber und Bleigeschosse verwendet hat?«

Der dünne, große Mann war zurückgekehrt, aber schwieg zunächst noch.

Stattdessen antwortete Edgar Wallace: »Nichts, gar nichts. Er hat seine Waffe gezogen und geschossen, bumm, bumm, bumm. Und zwar, weil er es so wollte.«

Der englische Detektiv runzelte die Stirn. »Am Tathergang erkennen wir, dass der Coup genau geplant gewesen ist. Der Mörder wusste über alle Details Bescheid. Er war auch nicht in Eile. Er hat ganz kaltblütig seine schmutzige Arbeit erledigt.«

Edgar Wallace dachte laut nach: »Womit wird er wohl geschossen haben? Mit einer Pistole oder einem Revolver?«

Der Kriminalkommissar hob die Achseln. »Das ist schwer zu sagen, solange wir noch keine Waffe gefunden haben.«

Der englische Gentleman war offensichtlich anderer Meinung: »Es war ein Revolver.«

»Wie kommen Sie darauf?«, wollte der Schriftsteller wissen.

»Es liegen keine Hülsen herum.«

»Der Täter kann sie eingesammelt haben.«

»Hülsen, die von Pistolen ausgeworfen werden, sausen völlig unkontrolliert durch die Gegend und pflegen in der Regel irgendwohin zu kullern, wo man sie nur schwer finden kann. Sehen Sie doch einmal unter dem Buffet nach, ob dort Staub liegt.«

»Ja, ein wenig«, klang es schwer atmend vom Boden.

»Hat dort jemand rumgefingert?«

»Nein, niemand.«

»Also war es ein .22er Revolver. Welche weiteren Schlussfolgerungen drängen sich auf?«

Edgar Wallace äußerte sich nicht. Ein Gedanke quälte ihn. Irgendwie kam ihm der englische Detektiv bekannt vor. Aber ihm fiel nicht ein, woher. In letzter Zeit passierte ihm so etwas häufig: Er wollte beispielsweise einen Bekannten ansprechen, und vergaß während der Anrede den Namen. Ob das ein Vorstufe von Altersschwachsinn war?

Der Kriminalkommissar zuckte mit den Schultern. »Der Täter war stinksauer und hat drei Kugeln auf einmal abgefeuert.«

»Das ist technisch nicht möglich. Bei einem Single-Action-Revolver muss nach jedem Schuss der Hahn neu gespannt werden.«

Edgar Wallace, der sich seit seinem Armeedienst in Südafrika mit allen möglichen Schusswaffen auskannte, fragte: »Und wenn er einen Automatic-Colt benutzte?«

»Sie meinen einen Double-Action-Revolver. Der eignet sich zwar zum schnellen Schießen, aber nicht zum genauen Zielen. Bei einer Pistole schiebt der Gasdruck nach jedem Schuss den beweglichen Schlitten nach hinten. Die leere Hülse wird automatisch ausgeworfen. Eine Feder im Magazin drückt die nächste volle Patrone in das Patronenlager. Der Schlitten fährt wieder nach vorn. Die Waffe ist geladen und zum nächsten Schuss bereit. Ein Revolver funktioniert anders, da geschieht nichts automatisch. Auch bei einem Double-Action-Revolver muss der Schütze alles selber machen. Wenn er den Abzug betätigt, dreht er dabei die Trommel, spannt gleichzeitig den Hahn und feuert dann beim Überwinden des Druckpunktes die Waffe ab. Es ist deshalb äußerst schwer, auf ein bewegtes Ziel drei Schuss hintereinander so zielgenau abzufeuern, dass sich ein Trefferbild wie bei dem Opfer ergibt. Wohlgemerkt, auf ein bewegtes Ziel. Daraus folgt, dass bereits der erste Schuss in den Hinterkopf tödlich war. Der

Mann sackte sofort zu Boden. Der Täter hat sein Opfer zusammenbrechen lassen und dann noch zweimal abgedrückt.«

»Das vermuten Sie«, ließ sich der Kommissar vernehmen.

»Nein, das erkennt man an den unterschiedlichen Richtungen der Schusskanäle.«

»Er wird wohl mächtig sauer gewesen sein«, mutmaßte der Kommissar.

Auch in diesem Punkt widersprach der Detektiv. »Kaum. Der Mann ist in seinem Salon ermordet worden. Es stehen weder benutzte Gläser noch Teller oder Tassen herum. Die Stühle wurden nicht abgerückt. Da kommt keine Affekthandlung im Verlaufe eines Gesprächs infrage. Menschen in Häusern pflegen sich zu setzen, wenn sie miteinander reden, außer bei einem Stehempfang. Und in Zimmern wie diesem werden Besuchern in der Regel Speisen und Getränke angeboten, selbst Schwiegermüttern. Nein, der Mörder hat an der Tür geklopft. Aus einem Grund, den wir noch nicht kennen, ließ ihn der Großfürst ein und ging voraus. Bei geschlossenen Doppeltüren ist eine .22er auf dem Flur nicht zu hören. Es gab kein Risiko. Im Salon hat der Täter dann abgedrückt. Und zwar aus einer Entfernung von etwa einem Meter.«

»Könnten es nicht ein paar Zentimeter mehr oder weniger sein?«, insistierte Edgar Wallace.

»Nein, die Wundränder zeigen sich klar umrissen, aber es sind keine Schmauchspuren zu sehen.«

»Dann wollte er wahrscheinlich mit den beiden anderen Schüssen auf Nummer sicher gehen.«

»Wohl kaum. Bei einem Revolver bestehen immer Passprobleme zwischen Trommel und Lauf. Ganz egal, wie perfekt die Waffe gearbeitet wurde, ein winziger Spalt bleibt, durch den Gas entweicht, weil sich die Trommel drehen können muss. Bei einem .22er ist auch noch die kinetische Energie der Geschosse viel geringer als bei großkalibrigen Waffen. .22er Revolver sind daher nur auf ganz kurze Entfernungen treffsicher. Der Mörder wusste, dass er bis auf Tuchfühlung an sein Opfer herankommen konnte, sonst hätte er eine andere Waffe verwendet. Er wollte ein Zeichen setzen.«

»Was für ein Zeichen?«, fragte Edgar Wallace irritiert.

»Wie mir der Hoteldirektor freundlicherweise mitteilte, handelt es sich bei dem Opfer um den russischen Großfürsten Igor Stephanowitsch Jakulow, einen ehemaligen weißen General.«

Baron von Westen wurde erneut kalkweiß. Er flüsterte fast, als er sagte: »Sie meinen, da liegt es nahe, dass es sich um ein politisches Motiv handelt?«

»Nur das nicht«, stöhnte der Kriminalkommissar auf. »Das wird internationale Verwicklungen geben, und ich muss am Ende alles ausbaden.«

Edgar Wallace war von dieser Art Sorgen unbelastet. Er wandte deshalb ein: »Tot ist tot, ein Schuss hätte es auch getan, meinen Sie nicht?«

Der britische Detektiv schüttelte den Kopf. »Ich kann mich irren. Aber ich denke, der Mörder hat eine falsche Fährte gelegt, um uns auf den Holzweg zu führen. Wir sollen nur glauben, es handele sich um einen Ritualmord nach Mafiamanier, ausgeführt von einem Profikiller.«

»Aha, das klingt logisch. Ein gewiefter Attentäter hätte das Verbrechen nach einem Raubmord aussehen lassen, um in aller Ruhe Fersengeld geben zu können«, meinte Edgar Wallace sarkastisch. »Weil die Tat aber auf ein Attentat hindeutet, ist ein ganz anderes Motiv wahrscheinlich. Die Negation der Negation sozusagen.«

Der Detektiv seufzte. »Ich will keine Hypothesen aufstellen. Dies würde meinen üblichen Gepflogenheiten zuwiderlaufen. Richtige Schlüsse lassen sich erst dann ziehen, wenn man genügend Fakten kennt. Aber bei dem Ermordeten handelt es sich um eine hochrangige, internationale Persönlichkeit. Die Tat ist im renommiertesten Berliner Hotel geschehen. Der Verbrecher konnte daher davon ausgehen, dass kein gewöhnlicher Polizist mit der Aufklärung betraut werden würde. Spezialisten wie wir können auf den ersten Blick erkennen, dass ein Fachmann am Werke war. So, und nun halten Sie mal das Ende vom Bandmaß.« Der Detektiv kniete sich neben die Leiche.

Edgar Wallace verdrehte die Augen und fragte: »Wozu soll das denn gut sein? Wollen Sie die Größe seines Sarges ausmessen?«

»Nein, ich versuche die Größe des Täters zu ermitteln«, sagte sein Landsmann. Er stand wieder auf und klopfte sich die Hose ab. »Der Tote ist 1,85 Meter groß. Die erste Kugel traf schräg von unten nach oben. Daraus folgt, dass der Täter etwas kleiner war, weil er den Arm beim Schießen hochhalten musste. Nach der Obduktion, wenn wir die genaue Schussentfernung wissen, werden wir in einem Modellversuch den Winkel bestimmen lassen. Dann können wir die Größe des Todesschützen bis auf den Zentimeter genau berechnen. Vorläufig suchen wir nach einem circa 1,75 Meter großen, weißen Mann, im Alter zwischen 20 bis 30 Jahren, mit militärischer Ausbildung.«

Ernst Gennat polterte: »Wollen Sie mich auf den Arm nehmen? Woher können Sie das wissen?«

Der Brite lächelte. »Das ist keine Intuition, sondern ein begründeter Anfangsverdacht, dem wir folgen sollten, solange wir keine anderen Erkenntnisse haben. Er beruht auf Erfahrungen, genauer gesagt auf statistischen Größen. Scotland Yard legt Täterprofile an. Sämtliche Kriminalpolizeien auf der gesamten Welt tun das – vielleicht mit Ausnahme der Ordnungshüter auf den Färöer Inseln, weil bei denen wohl seit 1870 kein Mord mehr passiert ist. Die Wahrscheinlichkeit, dass das von mir genannte empirische Täterprofil auf unseren Fall zutrifft, liegt bei 80 Prozent. Falls Sie jedoch anhand des uns vorliegenden Beweismaterials und der festgestellten Indizien kombiniert haben sollten, dass der Mord von einer 2,15 Meter großen, sechzig Jahre alten Schwarzen begangen wurde, die von Beruf Aquanautin in der Barentsee ist, könnte ich Ihnen höchstens 0,07 Prozent zubilligen. Nach wem also möchten Sie suchen?«

»Nach einem 30-jährigen, weißen Mann.«

»Gut«, antwortete der Detektiv und kniete sich wieder hin, zog eine Lupe hervor und untersuchte die beieinanderliegenden Hände des Toten, unter denen ein weißes Kärtchen lag. Er zog es hervor und steckte es achtlos in seine Rocktasche. Schließlich blickte er auf und sagte: »Der Großfürst als ehemaliger General kannte sich mit Waffen aus. Er muss gewusst haben, dass ein .22er Revolver nur auf kurze Distanz wirklich gefährlich ist. Trotzdem hat er den Mörder ganz dicht an sich herangelassen. An seinen Händen finden sich keine Abschürfungen. Ich kann auch keine anderen Abwehrspuren wie Hautpartikel unter den Fingernägeln erkennen. Weshalb hat er sich nicht verteidigt?«

Jetzt hakte Edgar Wallace ein: »Der Ermordete hat den Täter offensichtlich nicht erwartet, sonst wäre – wie Sie richtig sagten – der Tisch gedeckt gewesen. Aber er hat ihm getraut. Vielleicht war der Mörder ein Freund oder Bekannter von ihm, und er hat deshalb keinen Verdacht geschöpft? Sicherlich ist er von dem Schuss in den Hinterkopf überrascht worden und hatte überhaupt keine Gelegenheit, sich zu wehren.«

Der Detektiv lief nun wie ziellos im Salon auf und ab. Er stöberte in den Schränken, zog Schubladen auf, blätterte in mehreren Büchern, die auf dem Kaminsims lagen, nahm einzelne Zeitungsseiten in die Hand und blickte sogar in die Blumenvasen. »Der Großfürst hat keine Bediensteten, ist das richtig?«

»Ja, er wird in allen Fragen vom Hotelpersonal betreut«, antwortete der Hoteldirektor.

»Ihre Mitarbeiter scheinen ziemlich nachlässig zu sein«, stellte Edgar Wallace fest und deutete auf das Chaos ringsum.

»Oh nein, ganz im Gegenteil«, widersprach der Baron. »Der Großfürst hatte strengste Anweisung erteilt, dass im Salon nicht aufgeräumt werden dürfe.«

»Kam Ihnen das nicht merkwürdig vor?«, wollte der Detektiv wissen. »Sehen Sie, dort am Kamin liegt sogar eine Zeitung mit einem erkennbaren Schuhabdruck darauf.«

Der Hoteldirektor schüttelte den Kopf. »Nein, wieso? Viele unserer Gäste haben noch seltsamere Marotten.«

»Wissen Sie, ich glaube, der gute Großfürst hat ein Schauspiel aufgeführt, auf das am Ende selbst sein Mörder hereingefallen ist.«

»Was meinen Sie damit?«, wollte Ernst Gennat wissen.

»Der ganze Raum ist voller russischer Zeitungen. Aber der Großfürst hat in keiner einzigen gelesen, sondern sie nur äußerst dekorativ drapiert.«

»Wie kommen Sie denn darauf?«

»Dort auf dem Kaminsims befindet sich ein Stapel Kriminalromane. Der Ermordete war ein Edgar-Wallace-Fan – und er leckte die Finger beim Umblättern der Seiten an, wie man an den kleinen Flecken am Rand erkennen kann. Die russischen Zeitungen weisen keine solche Flecken auf, wohl aber die *Vossische Zeitung* auf dem Fensterbrett. Ergo ...«

»Ergo«, setzte Edgar Wallace fort, »war der Großfürst ein Hochstapler!«

»Das glaube ich nie und nimmer«, entrüstete sich der Hoteldirektor.

»Wie lange wohnte er schon bei Ihnen? Zwei Wochen, nach den Daten der Zeitungen zu schließen. Hat er in dieser Zeit jemals bei Ihnen eine Rechnung bezahlt?«, hakte der Detektiv nach.

Baron von Westen schüttelte bekümmert seinen Kopf.

»Na, sehen Sie. Ich glaube, in seinem Reisegepäck werden wir eine interessante Entdeckung machen.« Der hochgewachsene Engländer ging zum Schrankkoffer, klappte ihn auf, inspizierte ihn gründlich, hielt das Bandmaß hierhin und dorthin und drückte dann auf einen der Messingbeschläge. Ein verborgenes Fach sprang auf. Der Detektiv griff hinein und hielt mehrere, verschiedenfarbige Reisepässe in der Hand. Er las die Namen vor:»Ingolf Jessen, Ibrahim Jasser, Imre Jelzótábla, Invar Järnhälsa. Der gute Großfürst scheint international sehr aktiv gewesen zu sein.«

»Mein Gott, jetzt fällt es mir wieder ein!«, rief Edgar Wallace verdutzt. »Der Großfürst hatte mir nach London geschrieben. Er sei ein großer Bewunderer von mir und hoffe, mich bei meiner Ankunft in Berlin begrüßen zu können. Er hatte mir einen Zeitungsausschnitt beigelegt. Auf einem Foto war er im Frack mit umgehängtem Ordensband zu sehen. Darunter stand, es handele sich um den mit Diamanten besetzen russischen Andreasorden. Ich habe mich gewundert, weshalb er mir diese Information zukommen ließ.«

»Offensichtlich kannte der Mörder diesen Zeitungsartikel. Er hatte es eindeutig auf das Andreaskreuz abgesehen«, ließ sich der Detektiv vernehmen. »Wenn Sie sich das Ordensband dort am Frack anschauen, werden Sie auf den ersten Blick erkennen, dass von ihm etwas abgerissen wurde. Mehrere Fadenreste hängen daran. Allerdings weiß ich, dass das Andreaskreuz üblicherweise nicht angenäht, sondern mit einer goldenen Spange befestigt wird.«

»Demzufolge ist der Mörder auf billigen Schund hereingefallen«, ergänzte der Kriminalkommissar.

Der Detektiv ging nun zum Kamin, bückte sich und begutachtete die Zeitung mit dem Schuhabdruck. Er maß die Länge aus und konstatierte: »Ich hatte vorhin recht mit meiner Vermutung. Der Mörder ist genau 1,75 Meter groß.«

»Steht das auch in einer Kartei?«

»Nein, es ist möglich, anhand von festgestellten Fuß- und Schrittlängen die anderen Körperteile annähernd richtig zu bestimmen. Der Franzose De Parville entwickelte 1899 eine Formel, in welche die Fußlänge eingesetzt und so die Körpergröße ermittelt wird. Die Treffergenauigkeit liegt bei 90 Prozent. Da der Großfürst 1,85 Meter groß war, muss der Schuhabdruck von seinem Mörder stammen.«

»Halten Sie das nicht für äußerst unwahrscheinlich?«, warf Edgar Wallace ein. »Auf der einen Seite benimmt sich der Mörder wie ein Profikiller, auf der anderen Seite wie ein Dilettant?«

»Es kommt noch viel schlimmer«, entgegnete sein Landsmann und zog das weiße Kärtchen, welches er unter den Händen des Toten gefunden hatte, aus seiner Tasche und reichte es dem Schriftsteller.

Edgar Wallace betrachtete verwundert das Stück Pappe. »Das ist eine meiner Visitenkarten. Ich habe sie mir erst in der vorigen Woche in London drucken lassen. Wie in drei Teufels Namen konnte sie in diesen Salon geraten?«

»Weil sie der Täter bei sich trug und sie dem Großfürsten überreichte. Igor Stephanowitsch Jakulow war, wie wir wissen, ein großer Fan von Ihnen. Deshalb schöpfte er keinerlei Verdacht. Er ließ seinen Mörder ein, ging voraus, drehte ihm dabei den Rücken zu und wurde niedergeschossen.«

»Sie wollen doch damit nicht etwa andeuten, dass ich ...«

»Sie? Gott bewahre, keineswegs. Sie sind völlig unschuldig. Doch auf wen aus Ihrem Gefolge treffen alle genannten Merkmale zu: 1,75 Meter groß, 20 bis 30 Jahre alt, weiß, männlich, militärische Ausbildung?«

Edgar Wallace wurde leichenblass. »Sie meinen doch nicht etwa meinen Kammerdiener Stan Goodman? Er ist zwar erst seit einigen Wochen bei mir, aber ich halte ihn für völlig integer.«

»Auf wessen Empfehlung haben Sie ihn eingestellt?«

»Auf wessen Empfehlung, auf wessen Empfehlung ... Wenn ich mir es recht überlege, nur auf seine eigene. Er hat in derselben Einheit gedient wie ich: Im Royal West Kent Regiment in Woolwich, viele Jahre nach mir.«

»Na sehen Sie, da haben Sie den Salat«, warf Ernst Gennat ein.

Edgar Wallace wirkte immer verwirrter. »Das kann doch gar nicht sein. Allerdings, jetzt fällt es mir ein – ungefähr zur Tatzeit war Stan Goodman in meinem Auftrag im Hotel unterwegs. Er sollte mir in der Hotelküche Tee zubereiten, kehrte jedoch unverrichteter Dinge zurück.«

»Dann gibt es keinen Zweifel mehr«, rief der Kriminalkommissar. »Ich muss ihn sofort verhaften.« Er rannte zur Tür hinaus.

Nach wenigen Minuten kehrte er zurück. Er hielt einen schreckensbleichen und vor Angst schlotternden Stan Goodmann am Schlafittchen. Die Hände des Kammerdieners steckten in Handschellen. Der Kommissar griff in die Tasche und zog triumphierend einen glitzernden Orden hervor. »Ich habe ihn völlig überrumpelt. Er hat bereits ein Geständnis abgelegt.«

Der englische Detektiv zog eine Lupe aus seiner Tasche, ließ sich den Orden geben und untersuchte ihn sorgfältig.

Edgar Wallace wankte zum nächsten Sessel und ließ sich niedersinken. Obwohl er ein strikter Antialkoholiker war, bat er um einen Kognak.

»Darf es auch ein Gläschen Wodka sein«, ließ sich eine Stimme mit starkem, russischem Akzent vom Kamin her vernehmen.

Edgar Wallace klappte der Unterkiefer herunter. Der tote Großfürst erhob sich vom Boden, wischte sich die Theaterschminke sowie das Kunstblut ab und verbeugte sich. »Gestatten Sie, mein richtiger Name ist Paul Graetz. Ich wollte Ihnen mithilfe meiner Freunde eine kleine Kostprobe meines Könnens zeigen und Ihnen demonstrieren, dass ich sehr wohl in der Lage sein werde, ein Kriminalstück zur vollsten Zufriedenheit des Publikums aufzuführen.«

Edgar Wallace rang nach Atem. »Sie, Sie sind Paul Graetz? Und mein Freund Ernst Gennat, er hat bei dieser Scharade mitgespielt. Aber Sie«, er wandte sich an den Baron, »sind Sie wirklich der Hoteldirektor?«

Baron von Westen nickte schmunzelnd.

»Und wer ist der Schauspieler, der so überzeugend den Detektiv gab? Wo ist er eigentlich hin? Er ist verschwunden«, wunderte sich der Schriftsteller.

»Sagen Sie bloß, Sie sind ihm noch nie zuvor begegnet?«, fragte Ernst Gennat verblüfft.

»Nein, ich schwöre es.«

»Obwohl er nicht als Schauspieler arbeitet, ist er berühmter als die meisten dieser Zunft. Und er wohnt in London, so wie Sie.«

»Nie gesehen.«

»Und Sie haben ihn nicht erkannt?«

»Nein, woher denn?«

Ernst Gennat räusperte sich. »Das, mein sehr verehrter Freund, war der berühmteste Detektiv aller Zeiten: Mister Sherlock Holmes, und zwar höchstpersönlich!«

»Aha, interessant. Der Detektiv war echt, aber der Orden war eine Imitation?«, erkundigte sich Edgar Wallace, wobei seine Stimme leicht bebte.

»Oh, nein«, ließ sich der Baron vernehmen. »Der Orden ist ein wertvolles Unikat. Es handelt sich dabei um ein Erbstück meiner Familie, das normalerweise wohlverwahrt im Tresor liegt.«

»Und jetzt trägt es unser guter Detektiv in seiner Rocktasche? Mister Sherlock Holmes hat das mit Diamanten besetzte, unermesslich wertvolle Andreaskreuz höchstpersönlich unter seinen Schutz gestellt?«

»Sieht ganz danach aus, Sir. Weshalb fragen Sie?«

»Weil, weil«, die Stimme von Edgar Wallace gewann zunehmend an Schärfe und Lautstärke, »die Figur des Sherlock Holmes eine literarische Fiktion ist. Mein Kollege Sir Arthur Conan Doyle hat sie erfunden. In dem 1887 veröffentlichten Roman *Späte Rache* ist Holmes zum ersten Mal aufgetreten.«

Baron von Westen erbleichte zum wiederholten Mal an diesem Tag, nun allerdings wesentlich intensiver. Kriminalkommissar Gennat lief zum nächsten Telefon, um Großalarm auszulösen.

* * *

Eine halbe Stunde später stieg am Anhalter Bahnhof
ein unauffällig gekleideter Mann unbestimmten Alters
in den Expresszug nach Paris. Der Reisende führte
lediglich einen kleinen, dunkelbraunen Lederkoffer als
Handgepäck bei sich. Die wenigen Menschen, die das
wahre Gesicht des Mannes kannten, zollten ihm großen
Respekt. Wegen seiner erstaunlichen Verwandlungs-
künste nannten sie ihn den *Hexer*, und zwar nach der
gleichnamigen Figur aus dem im Jahr 1926 erschienen
Kriminalroman von Edgar Wallace.

2. Kapitel

»Er zog eine Schublade auf, nahm ein Schriftstück
heraus und reichte es dem anderen.«

Edgar Wallace, *Geheimagent Nr. 6*

Professor Tarling geht spazieren

Glasgow, 05.10.1929

Die schottische Stadt Glasgow, die bis zum Jahr 1893 zur Grafschaft Lanarkshire gehört hatte und sich seither als »Countie of City« selbst verwaltete, war eine bedeutende Handels- und Fabrikmetropole. Das Gesicht dieser drittgrößten Stadt Großbritanniens wurde von dem Fluss Clyde geprägt, der bis zur Irischen See hinunter schiffbar war. Zu Glasgows Sehenswürdigkeiten gehörten neben zahlreichen Denkmälern und dem schaurig-schönen Friedhof »Necropolis« (das war das griechische Wort für »Totenstadt«) vor allem die St. Mungo Kathedrale. Seit dem 12. Jahrhundert ruhte sie auf einer Anhöhe im nordöstlichen Teil und bildete den Mittelpunkt der Altstadt. Dort, in gewundenen, düsteren Straßen und engen Sackgassen mit ihren bescheidenen, schiefergedeckten Häusern, wohnte die Arbeiterschaft. Sie machte den Großteil der Bevölkerung aus, die rund eine Million Einwohner zählte.

Doch Glasgow war nicht nur eine Arbeiterstadt, sondern auch ein herausragender Ort der Wissenschaft.

Die Glasgower Universität genoss einen ausgezeichneten Ruf und wurde zu den besten in der ganzen Welt gezählt. Sie war 1451 als *Universitatis Glasguensis* von einem Bischof namens William Turnbull gestiftet worden.

Etwas in ihrem Schatten stand das *Royal Technical College*. Vor allem auch deshalb, weil es ursprünglich einmal unter dem Namen »Anderson University« gegründet worden war und sich lange Zeit als ebenbürtige Lehranstalt empfunden hatte. Doch der neue Name führte in die Irre, denn er täuschte über das tatsächliche Bildungsangebot. Das *Royal Technical College* fühlte sich nämlich keineswegs nur den technischen Fachrichtungen verpflichtet, sondern unterhielt auch solche Studiengänge, die dort kaum zu vermuten gewesen wären. Die Naturphilosophie beispielsweise, deren Name bereits verriet, dass sie mit der Technik nicht das Geringste zu tun hatte, bildete einen wesentlichen Bestandteil der wissenschaftlichen Forschungen.

Zu den bekanntesten Professoren am *Royal Technical College* zählte Professor Jonathan Tarling. Von Hause aus war er ein Sprachwissenschaftler, der sich jedoch in großem Maße interdisziplinär betätigte und durchaus als ein Universalgenie bezeichnet werden konnte. Unter anderem arbeitete er eng mit dem naturhistorischen und ethnographischen Museum im Glasgower *Westend Park* zusammen und gehörte seit Langem dem Vorstand des honorigen Vereins für Naturgeschichte an.

Professor Tarling war spindeldürr und übermannsgroß. Sein Kopf ähnelte einem Ei und wurde von einem

Kranz dünner, weißer Haare geziert. Den Ausgleich sollte ein grau melierter Vollbart schaffen. Doch diese Manneszierde machte den Professor wesentlich älter, als er es ohnehin schon war.

Jonathan Tarling hatte nämlich längst das 60. Lebensjahr vollendet. Inzwischen ging er mit Riesenschritten auf die Emeritierung zu. Und genau darin lag sein Problem. Der Professor galt als eine internationale Kapazität für die klassische Maya-Schrift aus der Zeit zwischen dem dritten und neunten Jahrhundert. Er hatte eine Vielzahl von Artikeln und mehrere theoretische Bücher zu diesem Thema verfasst, aber in der Praxis war ihm bislang der große Durchbruch verwehrt geblieben. Das lag unter anderem an seiner Bequemlichkeit, die mit der Zahl seiner Lebensjahre immer weiter zugenommen hatte. Zu seiner Zufriedenheit benötigte er einen gewissen Komfort, wozu vor allem ein breites Bett mit Daunendecke, ein Wasserklosett, eine heiße Dusche sowie Spiegeleier mit krossem Speck zum Frühstück zählten. Deshalb hatte er sich noch nie an einer Expedition beteiligt, die weiter als bis in die schottischen Highlands führte.

Er bewunderte zwar aus vollem Herzen die unerhörte Kühnheit eines Sir Richard Francis Burton, der 1853 als arabischer Scheich verkleidet von Janbo el Bahr am Roten Meer bis nach Mekka zu Fuß gelaufen war (der Abenteurer hatte dies getan, um der Feierlichkeit des Hadsch beiwohnen und an der Kaaba beten zu können), aber für ihn kam so etwas nicht infrage. Das Interesse des Professors galt ohnehin nicht dem Orient, sondern ausschließlich den altamerikanischen Reichen.

Gleichwohl wäre es ihm nicht im Traum eingefallen, sich wochenlang durch einen moskitoverseuchten Dschungel zu schleppen, in einer Hängematte zu schlafen, schmutziges Wasser zu trinken und ständig auf der Hut vor Schlangen, Skorpionen, Spinnen sowie giftigen Fröschen sein zu müssen, nur um am Ende dieser beschwerlichen und gefahrvollen Reise möglicherweise einen versunkenen Maya-Tempel ausgraben und von Lianen befreien zu können. Aus diesem Grund musste sich der Stuben-Gelehrte mit der Zweitverwertung von Entdeckungen anderer Forscher begnügen. Er bedauerte es sehr, dass die Maya in Amerika und nicht auf den britischen Inseln gesiedelt hatten.

Inzwischen wurde es höchste Eisenbahn für einen spektakulären Erfolg. Jonathan Tarling träumte nämlich von einer seinem Gedenken gewidmeten Statue am *George Square*. Dort, in Glasgows bester Lage, würde sich der Maya-Spezialist in der Gesellschaft anderer Koryphäen befinden, und zwar inmitten der Standbilder des Schriftstellers Sir Walter Scott, des Liederdichters Robert Burns, des Forschers David Livingstone, der Königin Victoria und des Prinzen Albert.

»Hoffen und Harren hält manchen zum Narren«, sagt zwar das Sprichwort, doch nun schien es so, als stände der gute Mann kurz davor, den großen Durchbruch zu erzielen. Wie so oft im Leben war ihm ein Zufall zu Hilfe gekommen. Ein dem Professor völlig unbekannter Mensch, ein Hobbyforscher aus London, hatte ihm die Kopie eines Maya-Textes geschickt. Jonathan Tarling sollte diese alte Schrift, die er anhand einiger typischer Merkmale vorsichtig auf den Anfang des 16. Jahr-

hunderts datiert hatte, so detailliert wie möglich übersetzen. Das war eine echte Herausforderung, denn es
handelte sich um eine recht schwierige Aufgabe. Als
Entschädigung für die Mühe sollte nicht allein Gottes
Lohn als höchster Lohn winken. Darüber hinaus war
Jonathan Tarling von dem Londoner Freizeitwissen-
schaftler ein mehr als anständiges Honorar verspro-
chen worden. Bereits die Anzahlung hatte ihre Wir-
kung nicht verfehlt: Der in der Regel mürrische
Gesichtsausdruck des Professors war einem milden
Lächeln gewichen.

Doch nun galt es, eine harte Nuss zu knacken. Das lag
daran, dass es sich bei der Schrift um ein aus dem
Gesamtzusammenhang gerissenes Fragment handelte.
Infolge dessen ergaben sich die vielfältigsten Deutungsmöglichkeiten. Die Maya lebten nämlich in einer
völlig eigenen Gedankenwelt, die sich von der moder-
nen britischen Gesellschaft fundamental unterschied.
Ihre Riten und Bräuche waren einerseits immer noch
nahezu unbekannt, andererseits unverständlich und
geheimnisvoll und deshalb schwer nachzuvollziehen.
Der Professor pflegte das seinen Studenten anhand
eines ganz einfachen Beispiels zu erläutern: »Stellen Sie
sich vor, meine Damen und Herren, in vierhundert Jahren wird von unseren Nachfahren, die nichts mehr von
unserer derzeitigen Kultur wissen, das *Royal Technical
College* ausgegraben. In einem der Waschräume entdecken sie ein gut erhaltenes Toilettenbecken nebst seiner
hölzernen Brille als Auflage. Unsere Anverwandten,
die ihre Exkremente längst äußerst hygienisch über
Schläuche ausscheiden, wissen beim besten Willen

nicht, was das sein könnte. Ihr Erklärungsversuch lautet: Die Porzellanzylinder waren Schallverstärker. Sie dienten religiösen Zwecken. Mit ihrer Hilfe wurde das Reich der Toten angerufen. Die Hohepriester trugen dabei hölzerne Halskragen als Zeichen ihrer Würde.«

Bei der alten Schrift musste der Professor zunächst einen Anhaltspunkt finden, also den sprichwörtlichen Nagel, an dem er die ganze Sache aufhängen konnte. Auf den ersten Blick schien es sich bei dem Text um eine Art Wegbeschreibung zu handeln. Die Maya waren gute und ausdauernde Läufer gewesen, die problemlos Tausende von Meilen zu Fuß zurücklegen konnten. Da wesentliche Teile des Textes fehlten, hatte Prof. Tarling zunächst angenommen, es gehe um eine gewöhnliche Handelsroute, quer durch das Land der Maya, möglicherweise von irgendeinem Punkt in den Niederungen Yucatáns bis hoch hinauf in die Berge von Honduras. Doch dann war dem Wissenschaftler beim Blättern in der Fachzeitschrift *Archäologiereport* zufällig ein kurzer Beitrag aufgefallen. Dieser Artikel hatte ihm die Augen geöffnet. Plötzlich bekamen die Worte des Maya-Textes eine völlig neue Bedeutung.

Am Morgen des 05. Oktober 1929 saß der Professor völlig gedankenverloren in seinem mit Büchern und Papieren vollgestopften Arbeitszimmer im College und rauchte Pfeife. Der Tabak roch würzig nach Whisky und Pflaumensaft. Passend zum Thema las der Gelehrte in dem bahnbrechenden Buch von Bradford & Warner *Yax-kin, die neue Sonne* über den Untergang der Mam-Maya, machte sich Notizen und blätterte immer wieder in seinen Aufzeichnungen. »Aha«, murmelte er,

»das sieht in der Tat äußerst vielversprechend aus.« In diesem Moment klopfte es leise, aber bestimmt an der Tür. Der Professor hob den Kopf und brummte ungehalten: »Herein!«

Seine Sekretärin Miss Harrison trat ein. Sie war eine alte Jungfer, roch nach Mottenkugeln, besaß einen veritablen Schnurrbart und stand bereits seit über zwanzig Jahren in seinen Diensten. Sie kannte ihn deshalb wesentlich besser, als dies Missis Tarling von sich behaupten konnte. Die Vorzimmerdame wusste Neuigkeiten zu berichten: »Sir, ein überraschender Besuch ist eingetroffen. Es handelt sich um einen gewissen Dr. Leslie Craig aus London, seines Zeichens Anthropologe, der Ihnen seine Aufwartung machen möchte. Er meinte, es sei dringend. Die Sache würde keinen Aufschub dulden.« Dann setzte sie in einem leicht verdrießlich klingenden Tonfall fort, der deutlich machte, was sie von dem Gast aus der Hauptstadt hielt: »Wollen Sie ihn empfangen, oder soll ich ihm ausrichten, Sie seien verhindert?«

Jonathan Tarling ärgerte sich zwar ebenso wie seine Sekretärin über die unerwartete Störung, andererseits aber war er neugierig, was der Bursche so Wichtiges von ihm wollte. Der Professor kannte Dr. Craig vom Namen her aus einigen Denkschriften und etlichen wissenschaftlichen Journalen. Persönlich hatte er ihn jedoch noch nicht getroffen.

Jonathan Tarling war zwar ein seltsamer Kauz, aber durch und durch britisch. Folglich legte er großen Wert auf Etikette. Er streifte deshalb den bequemen, seidenen Morgenrock ab, schlüpfte stattdessen in einen kleidsamen, aber unbequemen und steifen Bratenrock, rückte den Binder zurecht und meinte zu Miss Harrison: »Ich lasse bitten.«

Herein trat kein alter Tattergreis, wie es zu erwarten gewesen wäre, sondern ein großer, schlanker Mann in den besten Jahren. Jonathan Tarling war verblüfft und gleichzeitig verärgert. Er verachtete durchweg junge Heißsporne, die nicht genug Ausdauer besaßen, die akademischen Höhen Stufe um Stufe zu erklimmen. Stattdessen wollten sie innerhalb weniger Jahre jenen Ruhm ernten, welchen zu erlangen die wahren Eliten der Wissenschaft etliche Jahrzehnte benötigt hatten. Eine tiefe Falte des Unmuts grub sich in der Stirn des Professors ein.

Dr. Craig ließ sich von der sauertöpfischen Miene nicht abschrecken. »Es ist mir eine Ehre, Professor, Ihnen heute persönlich begegnen zu dürfen. Ich halte Sie für einen der bedeutendsten Wissenschaftler des Empires. Ihr Buch *De Landas Versagen* habe ich förmlich verschlungen.«

Obwohl der 450 Seiten dicke Wälzer eine wissenschaftliche Abhandlung war, enthielt er in der Tat – jedenfalls nach Meinung von Prof. Tarling – Elemente eines Abenteuerromans. Es war deshalb durchaus vorstellbar, dass er von Leuten mit akademischer Vorbildung voller Genuss gelesen wurde. Die Verkaufszahlen sprachen jedenfalls dafür. Demnächst sollte bereits die zweite Auflage erscheinen. Der Professor ging dem Schmeichler auf den Leim. Die Falte des Unmuts verschwand von seinem Gesicht und machte der Andeutung eines Lächelns Platz.

In der von Dr. Craig erwähnten Monographie ging es um den spanischen Franziskanermönch und späteren Bischof Diego de Landa. Der Kleriker war im Jahr 1549 nach Yucatán, der Halbinsel im nördlichen Mittelamerika, gekommen. Drei Jahre später wurde er zum Oberhaupt des dortigen Franziskanerklosters ernannt.

De Landa war ein kaltherziger und rücksichtsloser Mensch gewesen. Ohne jeden Skrupel ließ er Maya-Tempel schleifen und aus ihren Steinen Klöster und Kirchen errichten. Als Missionar mit großem Sendungsbewusstsein versuchte er mit Feuereifer, die Eingeborenen zum christlichen Glauben zu bekehren. Trotzdem (oder gerade weil) Diego de Landa die Schriften der Maya für Werke des Teufels hielt, befleißigte er sich, sie zu übersetzen. Dies tat er allerdings im stillen Kämmerlein und ohne sich die Hilfe schriftkundiger Maya zu holen. Der Mönch war ferner zu keinem abstrakten Denken fähig und deshalb völlig außerstande gewesen, das System der Maya-Schrift auch nur ansatzweise zu verstehen. Er hatte es nicht im Entferntesten in Betracht gezogen, dass es eine Fremdsprache geben könne, die komplexer als die spanische sei. Die Vokabelkenntnisse des Ordensbruders beschränkten sich darauf, dass er hier und da die Bedeutung einiger Zeichen aufschnappen konnte. So kannte er die Hieroglyphen mehrerer Farben, jene der Himmelsrichtungen und die der Zahlen von eins bis zwanzig. Den Rest versuchte er mit Logik wettzumachen. De Landa ordnete zunächst den wenigen ihm bekannten Zeichen lateinische Buchstaben zu. Mit dem Rest verfuhr er ebenso. Das war allerdings ein Unding, weil es über 400 unterschiedliche Glyphen gab.

1561 stieg de Landa zum Leiter der gewaltigen Ordensprovinz San José auf, die außer der Halbinsel Yucatán ganz Guatemala umfasste. Damit hatte er auch das Amt des Großinquisitors inne. Am 12. Juli 1562 veranstaltete er ein gigantisches Autodafé, bei dem er sämtliche Bücher und Schriftrollen der Maya verbrennen ließ, deren er habhaft werden konnte. Zahllose Maya, die ihrem Glauben nicht abschwören wollten, wurden kahl geschoren, brutal ausgepeitscht oder gar gehängt.

Über Hunderte von Jahren versuchten zahlreiche Wissenschaftler vergebens, mithilfe des von Diego de Landa entwickelten Alphabets die Maya-Inschriften zu übersetzen. Jonathan Tarling hatte nun, so schrieb er jedenfalls in seinem Buch *De Landas Versagen*, den Durchbruch erreicht. Er fand heraus, dass es kein einheitliches Alphabet gab, sondern dass Bild- und Silbenzeichen gleichberechtigt nebeneinander existierten. Die Bildzeichen bezeichneten ganze Worte und die Silbenzeichen – so, wie es ihr Name sagte – einzelne Silben. Alle Bild- und Silbenzeichen ließen sich miteinander kombinieren. Außerdem konnten mehrere Silbenzeichen nebeneinanderstehen und dadurch die Bedeutung eines Wortes erlangen. Auf diese Weise war es den Maya möglich gewesen, ein und denselben Begriff auf ganz unterschiedliche Weise wiederzugeben – also ähnlich wie die Eskimos, die vielleicht zwanzig verschiedene Ausdrücke für das Wort Schnee kannten. Zum Verständnis eines Maya-Textes reichte es demzufolge nicht aus, die Bedeutung der einzelnen Bild- und Silbenzeichen zu wissen, sondern darüber hinaus kam es immer auf den kulturellen und religiösen Hintergrund an. Alle diese Gedanken schossen Prof. Tarling in Bruchteilen von Sekunden durch den leicht schief geneigten Kopf. Er öffnete den Mund, ohne etwas zu sagen. Sein Gesicht nahm einen entrückten Ausdruck an. Der Gelehrte wirkte wie ein Insasse der Landesirrenanstalt beim Ausgang.

Der Besucher ließ sich davon nicht entmutigen. Er fiel auch nicht gleich mit der Tür ins Haus, sondern schmierte seinem Gastgeber weiter reichlich Honig um dem Bart: »Die wichtigste Erkenntnis in diesem fundamentalen Werk, hochverehrter Herr Professor, ist meiner Meinung nach Ihre stichhaltige Hypothese, dass die Maya nicht nur die Abfolge von Vergangenheit, Gegenwart und Zukunft kannten, sondern glaubten, die wahrhaft Erleuchteten könnten sich quasi auf einer Art Zeitstrahl beliebig in jede Richtung bewegen und Einfluss auf den Lauf der Welten nehmen. Daraus resultierte die seltsame Sitte, gewisse Zeitabschnitte durch Monumente zu bezeichnen. In diesen wiederum finden sich die Darstellungen von Dingen wieder, die mit Sicherheit zu erwarten sind oder die rückwirkend verändert wurden.«

»Es freut mich, dass Ihnen mein Werk gefällt«, entgegnete Prof. Tarling, der sich nun gefangen hatte und wieder in der Gegenwart angelangt war. »Aber um das zu sagen, werden Sie sich wohl kaum auf den weiten Weg von London hierher gemacht haben.«

»Nein, ganz gewiss nicht. Ich will auch nicht lange um den heißen Brei reden, sondern gleich zum Kern der Sache kommen. Ein Zufall hat mir ein Maya-Manuskript in die Hände gespielt. Obwohl ich lediglich über bescheidene Anfangskenntnisse verfüge, gelang es mir mithilfe Ihrer genialen Anleitung, den Text mehr oder weniger genau zu übersetzen. Aber wie bei allem gibt es verschiedene Deutungsmöglichkeiten. Ich kann mich also durchaus mit meiner Interpretation irren, weil ich etwas übersehen oder falsch verstanden habe. Ich würde mich bis auf die Knochen blamieren und meine wissenschaftliche Reputation gefährden, wenn ich mich von meiner Eitelkeit verleiten ließe und vorschnell mit meiner Übersetzung an die Öffentlichkeit trete. Deshalb war es dringend notwendig, eine Zweitmeinung einzuholen, und zwar von einer vertrauenswürdigen Person. Der einzige Wissenschaftler von Rang, der dafür infrage kommt, sind Sie, hochverehrter Professor Tarling.«

»Diese Erklärung mag mir genügen. Bitte legen Sie ab und nehmen Sie Platz«, meinte der alte Mann zu seinem Besucher und räumte einen Stuhl frei, indem er die darauf lagernden Zeitschriften ebenso schwungvoll wie rücksichtslos zu Boden fegte. »Darf ich Ihnen etwas anbieten? Und hoffentlich haben Sie genügend Zeit mitgebracht. Ein Maya-Text lässt sich nämlich nicht zwischen Tür und Angel enträtseln. Aber Sie haben Glück, mein junger Freund. Ich bin heute durch keine Lehraufträge gebunden, sondern stehe voll und ganz zu Ihrer Verfügung.«

* * *

Inzwischen war es später Nachmittag geworden. Dunkelheit hatte sich über die Stadt gelegt. Im Park brannten die Gaslaternen, und der Lärm in den Straßen ebbte ab. Miss Harrison war längst nach Hause gegangen. Der Geruch nach Mottenkugeln begann sich zu verflüchtigen.

Prof. Tarling marschierte in seinem engen Studierstübchen auf und ab. Das tat er immer, wenn ihn eine wissenschaftliche Aufgabe ganz und gar in ihren Bann gezogen hatte. Die Luft war rauchgeschwängert. Der große Glasaschenbecher auf dem Schachtisch quoll fast über vor Dutzenden Zigarettenkippen und zahlreichen Zigarrenstumpen.

Das Gesicht des Besuchers war gerötet, Schweiß glänzte auf seiner Stirn. Er hatte das Jackett abgelegt und die Ärmel seines weißen Hemdes aufgerollt. »Ich muss unbedingt auf schnellstem Weg nach London zurückfahren und im *British Museum* den Nachlass von Professor Bowen genauer unter die Lupe nehmen. Ganz bestimmt finde ich noch einen Hinweis, der mir bislang entgangen ist. Außerdem will ich unser beider Auftraggeber aufsuchen und bei ihm vorsichtig auf den Busch klopfen.«

»Ich finde es höchst seltsam, dass dieser Hobbyarchäologe gleich zwei Leuten ein und denselben Text zum Übersetzen gegeben hat«, bemerkte Prof. Tarling. »Das deutet darauf hin, dass unser Auftraggeber es entweder ahnte oder sogar definitiv wusste, welch einer großen Sache er auf der Spur ist. Dies wiederum lässt nur den Schluss zu, dass er über weitere wichtige Informationen verfügt, die er ganz bewusst vor uns zurückhält. Aber nun hat er den Hund von der Kette gelassen. Wir werden uns keinesfalls mit Almosen abspeisen lassen und am Katzentisch sitzen bleiben. Teilen macht Spaß. Wobei es mir weniger auf einen materiellen Vorteil ankommt. Für mich ist einzig und allein mein wissenschaftlicher Ruf von Bedeutung. Wie halten Sie es mit dem Ruhm, und wie mit dem Mammon, Dr. Craig?«

Der Angesprochene musste nicht lange überlegen. »Hochverehrter Herr Professor, Sie sind mir, mit Verlaub gesagt, in akademischer Hinsicht weit überlegen und leben außerdem in gesicherten materiellen Verhältnissen. Deshalb soll Ihnen die gesamte Glorie gebühren. Ich werde mich mit einer angemessenen Aufwandsentschädigung bescheiden, die mir die Möglichkeit einräumt, mich unbelastet von finanziellen Zwängen meinen zukünftigen Forschungsaufgaben zu widmen, um auf diese Weise irgendwann Ihre Nachfolge antreten zu können.«

»So soll es sein«, erwiderte Jonathan Tarling und streckte seine rechte Hand aus. »Schlagen Sie ein, mein bester Dr. Craig. Wir bilden eine unzertrennliche Kollegenschaft und werden gemeinsam marschieren. Ich darf Ihnen versichern, dass ich über diesen Pakt schweigen werde wie ein Grab. Von Ihnen erwarte ich es gleichermaßen.«

»Aber gewiss doch. Ich breche sofort auf und kehre zurück nach London. Dort werde ich die Papiere im Tresor verwahren, damit sie vor fremden Augen sicher sind. Sie sollten es ebenso halten.«

»Das wird nicht nötig sein. Ich habe noch keine einzige Zeile diktiert. Und meine Aufzeichnungen kann niemand außer mir entziffern. Selbst meine treue Miss Harrison ist nicht in der Lage dazu, meine Doktorschrift zu lesen.«

»Dann bin ich beruhigt. Gleich morgen nach meiner Rückkehr nach London werde ich erneut ins *British Museum* fahren. Anschließend melde ich mich telefonisch bei Ihnen und werde Ihnen brühwarm berichten, was ich an zusätzlichen Informationen herausgefunden habe. Sodann werde ich unserem geheimnisvollen Auftraggeber ganz vorsichtig auf den Zahn fühlen. Wir wollen das Wild doch nicht vor der Zeit scheu machen.«

»Das ist ein guter Plan. Ich denke, wir haben jetzt alles Wichtige besprochen«, meinte Jonathan Tarling. »Ich werde unterdessen nach weiteren Querverweisen suchen. Packen wir es an. Es gibt viel zu tun.«

»Darf ich Sie, bevor ich aufbreche, noch nach Hause fahren, bester Professor? Ich verfüge über ein bequemes Automobil und bin schnell wie der Blitz.«

»Dieses Angebot nehme ich dankend an. Es ist doch inzwischen reichlich spät geworden, und meine gute Gattin wird sich sorgen. Außerdem wartet mein treuer William, ein quirliger Cockerspaniel, bereits sehnsüchtig auf seinen allabendlichen Spaziergang.«

Bei der Limousine handelte es sich um einen schwarz lackierten viertürigen Talbot K 74, einen durchzugkräftigen Sechszylinder mit 58 PS. Er besaß breite Trittbretter, eine doppelte Stoßstange und zwei Scheinwerferpaare übereinander. Innerhalb weniger Minuten war der bequeme Tourenwagen in der McClellan Street 37 angekommen, wo der Professor in einem liebevoll restaurierten Cottage aus dem 18. Jahrhundert wohnte. Der Abschied war kurz aber herzlich.

Anschließend speiste Jonathan Tarling mit seiner Gemahlin zu Abend. Missis Tarling hatte eine herzhafte Quiche zubereitet. Dazu gab es Tafelwasser. Die Eheleute pflegten zu den Mahlzeiten keine alkoholischen Getränke zu sich zu nehmen. Der Professor war trotzdem kein Kostverächter. Allerdings begnügte er sich in der Regel mit einem Glas Whisky am Kamin kurz vor der Nachtruhe, denn nur der maßvolle Genuss war für ihn der volle Genuss.

Gegen 20 Uhr legte der Gelehrte den Cockerspaniel an die Leine, um mit seinem vierbeinigen Freund noch eine Runde zu drehen. Die McClellan Street war ein schmale, kurvenreiche Straße. Ein Bürgersteig existierte nicht. Nur ab und an erhellte eine schwach leuchtende Laterne die Nacht. In dieser Gegend gab es nur Anliegerverkehr. Nach Einbruch der Dunkelheit herrschte in der Regel Totenstille. Lediglich aus der Ferne waren leise die Geräusche der City zu vernehmen, die niemals zur Ruhe kam.

Plötzlich begann es zu nieseln. Der Professor ärgerte sich, weil er den Regenschirm zu Hause vergessen hatte. Er schlug den Mantelkragen hoch und zog den Hut tief ins Gesicht. Trotzdem wehte ihm der Wind eiskalte Tropfen ins Gesicht.

Jonathan Tarling legte einen Schritt zu. Seine Absätze klapperten laut über das Kopfsteinpflaster. Auch der Hund hatte es plötzlich eilig, wieder ins Warme und Trockene zu kommen.

Wenige Yards vor seiner Gartentür hörte der Professor auf einmal hinter sich ein merkwürdig mahlendes Geräusch. Es klang so, als hätte jemand einen Sack Weizen ausgekippt oder Mühlsteine würde aufeinander reiben. Der Gelehrte drehte sich verwundert um.

Im nächsten Moment flammten vier grelle Lichter vor ihm auf. Jonathan Tarling hob die linke Hand schützend vor die Augen. Der Cockerspaniel begann wie von Sinnen zu bellen.

Ein starker Motor heulte auf. Ein schwarzer Schatten kam wie ein Leopard auf dem Sprung herangeprescht.

Der Professor wollte beiseite springen, aber er schaffte es nicht. Eine geschmiedete Stoßstange aus bestem Waliser Stahl, die selbst einen Zusammenprall mit einem Auerochsen unbeschadet überstanden hätte, zerschmetterte ihm beide Schienenbeine. Jonathan Tarling wurde brutal nach hinten geschleudert. Sein Kopf prallte mit voller Wucht auf dem Kopfsteinpflaster auf. Die Schädeldecke platzte. Dann überrollte ein schwerer Wagen den leblosen Körper und verschwand ungesehen in der Nacht.

Der Hund hatte aufgehört zu bellen und jaulte nur noch kläglich.

3. Kapitel

»Wenn ich warten würde, bis ich mir die Dinge,
die ich haben will, tatsächlich leisten kann,
wäre ich längst tot!«

Edgar Wallace, *People*

Der schwarze Freitag

Ende Oktober des Jahres 1929 fanden zwei bedeutende Ereignisse statt, denen sich lang andauernde Nachwehen anschlossen. Allerdings wurde nur eines davon von einer breiten Öffentlichkeit wahrgenommen: Am 25. Oktober brach in den USA die Börse zusammen und löste eine Weltwirtschaftskrise aus. Mehrere Staaten standen in der Folge kurz vor dem Zusammenbruch. Ganze Wirtschaftszweige kollabierten. Die Selbstmordrate schnellte in die Höhe, und radikale Parteien erhielten einen großen Zulauf. Der 25. Oktober 1929 ging als »Der schwarze Freitag« in die Geschichte ein.

Die zweite Begebenheit ereignete sich gleichfalls am 25. Oktober. In Großbritannien stahl ein Dieb in London kurz vor Mitternacht eine wertvolle, goldene Statue. Er brachte damit eine Lawine ins Rollen, die nach und nach mehrere Menschen das Leben kosten sollte.

Ein bemerkenswertes Resultat des Diebstahls war, dass am Nachmittag des 27. Oktober 1929 vor dem

Londoner Presseklub in der Fleet Street 122 eine Luxus-limousine hielt. Es handelte sich um einen glänzenden 1926er Rolls-Royce »Silver Ghost« mit offenem Verdeck, geteilter Frontscheibe und breiten Trittbrettern. Der Chauffeur namens Graham Fowler, ein schlanker, junger Mann in einer dunkelblauen Uniform, mit Schirmmütze und blitzenden Schaftstiefeln, sprang heraus. Mit einer Verbeugung öffnete er den hinteren Schlag. Ein leicht übergewichtiger, älterer Herr stieg aus. Er war elegant gekleidet, trug einen schwarzen Mantel nebst einem dazu passenden Hut und hielt eine Zigarettenspitze in der rechten Hand.

Der Pförtner des Presseklubs riss die Eingangstür weit auf und verneigte sich ehrfurchtsvoll. Bei dem offenkundig gut betuchten Besucher handelte es sich nämlich um keinen Geringeren als Edgar Wallace, den Mitbegründer des Presseklubs und dessen zeitweiligen Vorsitzenden.

Allerdings stand dem Bestsellerautoren das Wasser wieder einmal bis zum Hals. Er lebte nur wie ein Millionär, ohne tatsächlich einer zu sein. Die Ausgaben stiegen stets schneller als die Einnahmen. Das Geld, das er verdiente, reichte nie aus, obwohl er wie ein Besessener schuftete. Er zermarterte ständig sein Gehirn, wie er die Einkünfte erhöhen könnte. Doch auf die einfachste Lösung aller Probleme, nämlich sparsamer zu wirtschaften, kam er nicht. Am Horizont stiegen neue dunkle Wolken auf. Edgar Wallace wurde von Tag zu Tag launischer und gereizter. Seine Stimmungen schlugen ständig um.

Auch der Termin im Presseklub passte überhaupt nicht ins Konzept, weil er ihm den gesamten Tagesablauf durcheinanderbrachte. Doch Edgar Wallace hatte eine Einladung erhalten, die er unmöglich abschlagen konnte. Deshalb ließ er sich auch nichts von seinem Missmut anmerken. »Hallo, Jonathan, wie geht es Ihnen? Was machen Ihre liebe Frau und die beiden Buben?«, fragte der Kriminalschriftsteller jovial.

»Danke der gütigen Nachfrage, Sir«, antwortete der Türhüter. »Die Jungen gedeihen prächtig, und meine gute Gattin hat dank Ihrer Empfehlung eine Anstellung als Hausgehilfin bei den McCays erhalten. Sie lässt Sie vielmals grüßen, Sir.«

Edgar Wallace nickte freundlich und betrat das Gebäude. Hut und Mantel gab er an der Garderobe ab, strich sich das schütter werdende, graue Haar glatt und wandte sich nach links, wo sich die Konferenzräume befanden. Ein dicker, roter Läufer dämpfte seine Schritte. Der mit poliertem Nussbaumholz getäfelte Gang wurde von mehreren Wandlampen erhellt, in deren messinggefasste Milchglasscheiben stilisierte Schreibfedern eingeschliffen worden waren. An den Wänden hingen Fotografien von bekannten, britischen Journalisten. Ein Porträt des Meisters befand sich selbstverständlich auch darunter.

An der Tür zum Konferenzraum mit dem passenden Namen »Talking Heads« (Plaudernde Häupter) hing an einer Anschlagtafel ein Blatt steifes Büttenpapier. Auf ihm stand in schwungvoller Schreibschrift: *Reserviert für Mr. Wallace nebst einem Gast ab drei Uhr nachmittags.*

Edgar Wallace öffnete die Tür. Am langen Besprechungstisch saß ein einzelner Mann, der sofort aufsprang. Er war in etwa dem gleichen Alter wie der Schriftsteller, aber wesentlich schlanker. Sein weißes Haupthaar wies einen militärisch kurzen Schnitt auf. Der dichte Schnauzbart war an der Oberlippe braun verfärbt, was auf einen starken Raucher hindeutete.

Edgar Wallace ging auf ihn zu und schüttelte ihm die Hand. »Sie müssen Chefinspektor David Osborne von Scotland Yard sein«, stellte er fest. »Was verschafft mir das Vergnügen? Welche Angelegenheit ist von solch großer Dringlichkeit, dass sie keinen Aufschub duldet? Wissen Sie, ich bin ein viel beschäftigter Mann. Ich kann es mir nicht leisten, meine wertvolle Zeit zu vergeuden. Ganz im Gegensatz zu vielen anderen Leuten arbeite ich nämlich in alter Journalistentradition auch sonntags am Tag des Herrn.«

Der Chefinspektor ließ sich von der recht schroffen Anrede nicht beeindrucken, sondern antwortete mit vollendeter Höflichkeit, ohne dabei unterwürfig zu wirken: »Sir, Sie werden entschuldigen, aber es gibt gleich mehrere gute Gründe, Sie zu konsultieren. Gestatten Sie doch bitte zunächst, dass ich mich Ihnen vorstelle. Meinen Namen und den Dienstgrad kennen Sie bereits. Ich leite bei Scotland Yard die ›Abteilung für organisierte Kriminalität und besondere Straftaten‹.«

»Dem will ich nicht widersprechen. Was wahr ist, soll wahr bleiben. Aber was wollen Sie von mir? Ein Autogramm für Ihre werte Frau Gemahlin? Das hätte Ihnen auch mein Sekretär verschaffen können.«

Der Chefinspektor ließ sich nicht aus der Ruhe bringen. »Wir benötigen Ihre Hilfe, Sir.«

»In welcher Angelegenheit? Soll ich einen lobenden Artikel über Ihre Abteilung für den *Scotland Yard Standard* verfassen?«

»Nein, Sir, ganz und gar nicht. Wir sind auf Ihren Beistand als beratender Detektiv angewiesen.«

Edgar Wallace war verblüfft. Dieses Ansinnen hätte er ganz und gar nicht erwartet. Der Schock über den Fall des falschen russischen Großfürsten im Hotel *Adlon* steckte ihm immer noch in den Knochen. Doch wie sollte er sich aus dieser neuen Misere herauswinden? Ruhig Blut bewahren, sprach der Meister in Gedanken zu sich und griff nach der Klingel. »Was darf ich Ihnen anbieten? Einen Tee oder etwas Stärkeres?« Dann setzte er sich und hoffte auf einen rettenden Gedanken.

Auch der Chefinspektor nahm wieder Platz. »Eine gute Tasse Tee käme mir im Augenblick gerade recht, Sir. Alkoholische Getränke sind im Dienst leider nicht erlaubt. Aber nach Feierabend greife ich gerne einmal nach einem Glas Scotch.«

Ein blassgesichtiger Diener im schwarzen Frack erschien und nahm die Bestellung entgegen. Nachdem er wieder gegangen war, öffnete der Kriminalschriftsteller ein schweres, goldenes Etui und hielt es dem Kriminalpolizisten entgegen: »Bitte bedienen Sie sich und nehmen sich eine Zigarette. Es handelt sich um beste, unparfümierte, türkische Ware. Ich lasse sie mir direkt aus Konstantinopel schicken. Die Mundstücke sind aus mit Goldpapier überzogener Pappe gefertigt. Sie passen perfekt in meine Zigarettenspitze, aber man kann diesen vorzüglichen Orient-Tabak auch ohne jedes Hilfsmittel genießen.«

»Vielen Dank, Sir, für das freundliche Angebot, aber ich würde eine von meinen Zigarren vorziehen. Wenn Sie erlauben ...«

»Nur zu, nur zu. Aber nun wollen wir zum *Casus knaxus*, also zum Kern der Sache kommen.« Diese Bemerkung war keineswegs ernst gemeint. Edgar Wallace war nämlich endlich die zündende Idee gekommen, wie er das Drama ohne jeden Gesichtsverlust beenden konnte: »Vorab muss ich Ihnen jedoch leider mitteilen, dass ich nur gegen Honorar arbeite. Falls Sie also erwarten, ich würde Ihnen als beratender Detektiv *pro bono* unter die Arme greifen, muss ich Sie leider enttäuschen. Ich leiste generell keine professionelle Arbeit ohne angemessene Bezahlung, und sei es auch für die Krone oder das Gemeinwohl.«

Der Chefinspektor hob beschwichtigend die Hände. »Dessen bin ich mir sehr wohl bewusst, Sir. Für Fälle wie diesen kann ich über einen Sonderetat verfügen. Darüber hinaus hat der Betroffene eine beträchtliche Summe für die Wiederbeschaffung des verschwundenen Gegenstands ausgelobt. Es wird also Ihr Schaden nicht sein.«

Der Meister streckte resignierend die Waffen: »Dann lassen Sie uns ›Butter bei die Fische‹ geben. Um was geht es?«

»Sagt Ihnen der Name Samuel Wordsworth etwas?«

»Selbstverständlich«, antwortete Edgar Wallace. »Das ist der Vorstandsvorsitzende der *City Bank of London*. Wurde eine der Filialen überfallen?«

»Nein, viel schlimmer. Mister Wordsworth ist ein begeisterter Kunstsammler. In seinem Stadthaus in der

Gloucester Road 37 bewahrt er äußerst wertvolle Antiquitäten, Gemälde und Skulpturen auf. Die wichtigsten Stücke befinden sich in einem extra gesicherten Raum. Ein Dieb ist in der Nacht vom Freitag zum Samstag in das Gebäude eingedrungen, hat die Tür zur Schatzkammer geöffnet, den Tresor aufgesperrt und eine kostbare, goldene Statue von unschätzbarem Wert erbeutet. Aus diesem Grund wenden wir uns auch an Sie. Sie gelten als ein ausgewiesener Fachmann auf diesem Gebiet.«

»Wohl wahr, wohl wahr. Ich habe einige Jahre meines Lebens in Südafrika verbracht. Dieser Landstrich ist berühmt für seine Goldvorkommen und Diamantenfelder.«

»Das meine ich nicht, Sir«, entgegnete David Osborne.

»Sondern?«

»Der Wert der entwendeten Statue resultiert nicht in erster Linie aus ihrem Goldgehalt oder dem handwerklichen Geschick des Künstlers, sondern aus ihrer kulturhistorischen Bedeutung. Es handelt sich um eine antike Maya-Arbeit. Sie sind ein Spezialist für Indio-Völker in Mittelamerika. Ich habe Ihr Buch *Die gefiederte Schlange* mit großem Interessen gelesen.«

»Soweit ich mich erinnere, ging es darin um die Azteken und ihren Rachegott *Gucumatz*«, sinnierte Edgar Wallace.

»Azteken oder Maya, wo ist da der Unterschied?«

»Da haben Sie natürlich auch wieder recht. Fehlt sonst noch etwas?«

Der Polizist schüttelte den Kopf. »Bislang konnte kein weiterer Verlust festgestellt werden. Der Einbrecher hat weder das mit Abstand wertvollste Stück – dabei handelt es sich um eine Reliquie, und zwar um das Schienenbein des heiligen Nikolaus von Myra – noch einen prall gefüllten Lederbeutel voller spanischer Golddoublonen mitgenommen.«

»Sehr merkwürdig. Wir haben es also mit einem wählerischen Dieb zu tun. Was geschah dann?«

Der Chefinspektor zuckte mit den Schultern. »Nicht viel. Der Ganove hat den Raum sorgsam verschlossen und ist unbemerkt entkommen.«

»Aha, und wer hat wann den Einbruch bemerkt?«

»Mister Wordsworth musste gestern früh, als er etwas in den Tresor legen wollte, zu seinem größten Entsetzen feststellen, dass sich der Schlüssel zur Schatzkammer nicht mehr an seinem gewohnten Ort befand.«

»Wo wäre der gewesen?«

»In einem Geheimversteck in der Bibliothek. Der Schlüssel wurde üblicherweise in einem ausgehöhlten Buch verwahrt, und zwar in einer ledergebundenen Ausgabe von Homers *Ilias*. Dieser Foliant ist von rund dreitausend anderen Werken umgeben, welche von ihrem äußeren Erscheinungsbild her dem griechischen Wälzer zum Verwechseln ähnlich sind.«

Das Gespräch verstummte für eine Weile, als der Diener den Tee servierte. Nachdem er sich wieder entfernt hatte, konstatierte Edgar Wallace: »In der Tat, da muss jemand sehr viel Zeit zum Suchen gehabt haben.«

»Mister Wordsworth besitzt selbstverständlich einen Ersatzschlüssel. Er befindet sich in einem Panzerschrank der *City Bank of London*. Der Bankier holte das

Duplikat, doch der Bart ließ sich nicht in das Schlüsselloch einführen. Ein herbeigerufener Handwerker fand sehr schnell die Ursache heraus: Ein metallischer Gegenstand steckte von innen im Schloss und blockierte es.«

»Jetzt beginnt es interessant zu werden. Wie ging es dann weiter?«

»Der Zugang zur Schatzkammer wirkt rein äußerlich wie eine ganz normale Holztür. Tatsächlich aber ist sie geschickt kaschiert, inwendig aus Metall und seitwärts mit Bolzen verstärkt. Der Schlosser brauchte gut zwei Stunden, um die stählernen Barrieren zu durchsägen. Dann gab es gleich zwei unliebsame Überraschungen.«

»Und zwar welche?«

»Bei dem mysteriösen Gegenstand, der von innen im doppelt abgesperrten Schloss steckte, handelte es sich um den Originalschlüssel aus der Bibliothek. Der Tresor stand sperrangelweit auf, und die goldene Statue fehlte.«

»Die Lösung ist simpel. Der Dieb hat das Fenster geöffnet und ist auf diese Weise unbemerkt entwichen.«

»Das ist leider vollkommen unmöglich. Es gibt nur eine einzige winzige Luke in dem Zimmer. Diese wiederum ist mit stabilen Gitterstäben gesichert, die im Mauerwerk fest verankert sind. Noch nicht einmal ein Kind könnte dort hindurchschlüpfen.«

Edgar Wallace klatschte begeistert in die Hände: »Jetzt fängt es langsam an, interessant zu werden. Das Rätsel des verschlossenen Raums. Ich habe es in etlichen meiner Romane verwendet. Als Lösungsmöglichkeiten kommen mehrere Varianten wie Falltüren im Fußboden, verborgene Dachluken oder Geheimtüren in Betracht. Man drückt auf einen Knopf in der Täfelung, und schon klappt eine anscheinend fest gemauerte Wand zur Seite. Solche Dinge sind meine Spezialität. Ich werde das Schlupfloch im Handumdrehen finden, keine Bange.«

»Ich wäre froh, wenn es so wäre. Aber Sie werden nichts entdecken. Der Raum ist relativ klein und besitzt zwei Außenmauern. Die eine Innenwand mit der Tür geht zum Flur, die andere grenzt an das Schlafgemach von Mister Wordsworth. Der Tresorraum befindet sich direkt über der Speisekammer. Von dort aus gibt es mit hundertprozentiger Sicherheit keinen Zugang.«

»Wunderbar. Wenn zwei Varianten wegfallen, bleibt einzig und allein die Dachluke als letzte Möglichkeit übrig!«

Der Chefinspektor schüttelte den Kopf. »Auch diese Eventualität scheidet aus. An dieser Stelle besitzt das Haus ein Flachdach. Ich habe es inspiziert. Es ist völlig intakt und leicht bemoost. Es gibt keinerlei sichtbare Spuren. Der Einbrecher kann also mitnichten durch die Decke gekommen sein. Außerdem wäre es viel zu hoch. Vom gefliesten Fußboden bis zum Deckenbalken sind es geschätzte zehn Fuß, also weit übermannshoch.«

Der Kriminalschriftsteller runzelte die Stirn: »Wie schaut es mit dem Kamin aus?«

»Die Schatzkammer wurde als Vorratsraum konzipiert. In ihr gibt es weder eine Heizung noch eine Esse.«

Edgar Wallace lächelte. »Ich merke schon, Sie wollen mich aufs Glatteis führen, mein lieber Chefinspektor von Scotland Yard! Ich glaube nämlich nicht an Gespenster. In einigen meiner Bücher ereignen sich zwar Dinge, die zunächst den herumspukenden Geistern längst Verstorbener zugeschrieben werden, doch am Ende stellt sich immer heraus, dass menschliche Wesen aus Fleisch und Blut dahinterstecken.«

»Ihre große Erfahrung auch auf diesem Gebiet, Sir, wird uns helfen, den Fall zu lösen.«

Edgar Wallace hatte inzwischen seine anfängliche Scheu gänzlich überwunden. Die Neugier überwog. »Dann lassen Sie uns nicht länger um den heißen Brei herum reden, sondern unverzüglich den Tatort besichtigen. Weshalb haben Sie so lange gezögert, mich zurate zu ziehen? Die Spur beginnt bereits kalt zu werden. Ich bin mit dem Automobil gekommen. Mein Chauffeur wird uns gerne in die Gloucester Road bringen. Vorausgesetzt natürlich, der Fahrt in einem Rolls-Royce steht keine Dienstvorschrift entgegen.«

* * *

Das Haus von Samuel Wordsworth war ein äußerlich bescheiden anmutendes, aber solides, zweigeschossiges Backsteingebäude mit einem kleinen Vorgarten, den ein schmiedeeiserner Zaun von der Straße abgrenzte. Kaum hatte der Wagen gehalten, da flog schon die grün gestrichene Haustür auf, und ein Mann von Ende fünfzig kam die Stufen heruntergeeilt. Er war überaus korrekt mit einem Dreiteiler gekleidet, hatte einige Haarsträhnen über die Glatze gekämmt und stand offensichtlich kurz vor einem Nervenzusammenbruch. »Großer Meister, welche Ehre«, rief er aus und schüttelte Edgar Wallace ohne Unterlass die Hände. »Sie sind meine letzte Hoffnung. Scotland Yard musste leider passen. Aber glücklicherweise ist Chefinspektor Osborne meiner dringenden Bitte gefolgt. Er hat mit Ihnen den größten Spezialisten auf diesem Gebiet, den London derzeit zu bieten hat, in die Ermittlungen einbezogen. Ihr großer Erfolg in der deutschen Hauptstadt im Juni ist immer noch in aller Munde.«

Die Mundwinkel von Edgar Wallace begannen unkontrolliert zu zucken. »Sie können meine Hände jetzt wieder loslassen«, brubbelte er, »sonst denken die Leute womöglich, Sie hätten den italienischen Tenor Benjamino Gigli zu Gast. Zeigen Sie mir bitte zuerst die Räumlichkeiten, damit ich mir einen ersten Eindruck verschaffen kann.«

»Selbstverständlich, selbstverständlich«, antwortete der Bankier beflissen. »Wenn mir die Herrschaften bitte folgen wollen. Der Chefinspektor befindet sich allerdings im Vorteil, denn er kennt den Weg bereits.«

Das Innere des Hauses stand im krassen Gegensatz zu seinem Äußeren. So prunklos sich auch seine Fassade präsentierte, so überladen wirkten bereits die Halle, die Treppenaufgänge und die Flure. An den Wänden hingen mittelalterliche Waffen, wertvolle Gobelins und Gemälde berühmter Maler. Obwohl Edgar Wallace von solchen Dingen so gut wie keine Ahnung hatte, erkannte er doch auf Anhieb eines der Bilder. Er hielt den vorauseilenden Bankier am Rockzipfel fest und fragte ihn:

»Mister Wordsworth, mich deucht, bei diesem Gemälde könnte es sich um einen William Turner handeln. Ist es an dem, oder haben wir es mit einer gut gemachten Kopie zu tun?«

»Sie besitzen einen großen Kunstsachverstand, Sir«, lautete die Antwort. »In der Tat ist es ein Turner. Das Bild heißt ›Der Brand des Parlamentsgebäudes in London‹ und datiert aus dem Jahr 1835. Selbstverständlich handelt es sich um das Original und nicht um eine Nachbildung.«

»Aber mein lieber Mister Wordsworth«, wunderte sich Edgar Wallace. »Dies ist ein äußerst kostbares Gemälde. Wieso hängt es so vollkommen ungesichert in einem Korridor, der zumindest in den Nachtstunden ohne jede Aufsicht sein dürfte? Eine bessere Einladung für Langfinger dürfte es kaum geben.«

Der Bankier lächelte. »Der äußere Anschein trügt. Das Bild ist mit einem elektrischen Draht verbunden. Sobald es bewegt wird, ertönt lautes Sirenengeheul. Gleichzeitig rauschen vor den Fenstern und Türen schwere Fallgitter herab.«

»Aber bei Ihrem Tresor hat die Alarmanlage offensichtlich versagt«, stellte der Kriminalschriftsteller fest.

»In der Tat, so ist es. Bevor ich abends zu Bett gehe und das Licht lösche, pflege ich noch eine Runde durch das Haus zu drehen. Anschließend schalte ich die Alarmanlage ein. Vorgestern Nacht war ich rechtschaffen müde. Da muss ich es wohl vergessen haben, den Schalter umzudrehen.«

»Das ist ein seltsamer Zufall, meinen Sie nicht auch?«, konstatierte Edgar Wallace. »Ausgerechnet an jenem

Tag, an dem Sie es ausnahmsweise einmal vergessen haben, Ihr Haus ordnungsgemäß zu sichern, kommt der Einbrecher.«

Samuel Wordsworth zuckte nur hilflos mit den Achseln, und auch der Chefinspektor enthielt sich jeglichen Kommentars.

Bei der Schatzkammer handelte es sich um einen kleinen Raum in den Abmaßen von zirka fünf mal fünf Yards. Die Decke war in der Tat viel zu hoch, um sie ohne Hilfsmittel erreichen zu können, und das schmale Fenster erinnerte an eine Schießscharte. Edgar Wallace rüttelte dennoch an dem Gitter. Es war fest im Mauerwerk verankert.

Bei dem Tresor schien es sich um eine Arbeit aus dem vorigen Jahrhundert zu handeln. Er war etwa mannshoch. Der Anstrich mit brauner Farbe täuschte eine Holzmaserung vor. Die Tür stand halb offen. An ihr befanden sich eine Art Türklinke und ein mechanisches Zahlenkombinationsschloss.

»Genau so habe ich ihn vorgefunden«, erläuterte der Bankier.

»Wie wird der Safe geöffnet?«, fragte der Kriminalschriftsteller.

»An der Einstellscheibe dort vorn muss ich dreimal drehen. Die Zahlenfolgen sind zweistellig. Sie lauten 13-10-80.«

»Dabei dürfte es sich um Ihr Geburtsdatum oder das Ihrer werten Frau Gemahlin handeln«, mutmaßte Edgar Wallace.

»Es ist das Meinige.«

»Damit dürfte die Frage geklärt sein, woher der Einbrecher die richtige Kombination kannte: Er hat die einfachste Lösungsmöglichkeit zuerst ausprobiert, und es hat auf Anhieb geklappt.« Der Kriminalschriftsteller inspizierte als Nächstes die Tür. Im Schloss steckte auf der Innenseite ein voluminöser, kunstvoll geschmiedeter Schlüssel, der sich leicht bewegen ließ. Edgar Wallace zog ihn heraus und betrachtete ihn von allen Seiten. Der Bart war von einem leichten Ölfilm bedeckt. Auch die Türangeln waren erst kurz zuvor geölt worden. »Wer ist für das Schmieren dieser Metallteile verantwortlich?«

»Das ist eine gute Frage«, antwortete Samuel Wordsworth. »Selbstverständlich die Dienerschaft. Aber zu diesem Raum hat niemand außer mir Zutritt. Und ich kann mich beim besten Willen nicht daran erinnern, wann ich zum letzten Mal ein Ölkännchen in den Händen gehalten habe.«

»Nun gut«, seufzte der Kriminalschriftsteller, »weil das eine Rätsel eng mit dem anderen verbunden ist, werden wir diese Denksportaufgaben im Block lösen müssen. Bitte beschreiben Sie mir nun die Statue, auf die es der Einbrecher abgesehen hatte.«

»Ich habe hier eine künstlerische Fotografie«, erwiderte der Bankier und reichte Edgar Wallace ein Bild, das durch Goldtönung veredelt worden war und in einem aufwendig gestalteten Passepartout steckte. Die Aufnahme zeigte eine menschliche Gestalt, die in einem reich verzierten Gewand steckte, eine Art hohe Mütze auf dem Kopf trug und in beiden Händen Gegenstände hielt, die wie Beutel aussahen. Die Nase des Wesens war wie ein Elefantenrüssel geformt. Links und rechts ragten zwei nach unten gebogene Eckzähne aus seinem Mund.

»Das ist *Chaac*, der Maya-Gott des Donners, des Regens, der Fruchtbarkeit und des Ackerbaus«, erläuterte Samuel Wordsworth.

»Mich erinnert dieser seltsame Gott an einen Zwerg, und da er aus Gold gefertigt wurde, an einen goldenen Zwerg«, bemerkte Edgar Wallace reichlich respektlos. Aus Erfahrung klug geworden behielt er alle Spekulationen für sich. »Für heute habe ich genug gesehen. Ich fahre jetzt nach Hause, um alles ganz genau zu durchdenken.«

4. Kapitel

»Wie von Furien gepeitscht lief er davon.«

Edgar Wallace, *Der goldene Hades*

Die schwarze Sonne

Zaculeu, 13.08.1511

Der Tempelbezirk von Zaculeu, der Hauptstadt des Königreichs der Mam-Maya, war etwa eine Quadratmeile groß und nahezu komplett mit mehrstufigen Pyramiden, quadratischen Kulthäusern, Plattformen, Freitreppen und einem kuppelförmigen Observatorium bebaut. Der Hohepriester *E'tznab'ix*, was »der Zauberer, der sich in einen Jaguar verwandelte« bedeutete, lag tief im Inneren des Großen Heiligtums bäuchlings auf dem kalten Steinboden. Der Diener der Götter war lediglich mit einer dünnen Unterleibbinde und einem purpurn getönten Umhang aus Tausenden Kolibri-Federn bekleidet. Seine Fuß- und Handgelenke wurden von Gebinden aus Kauri-Muscheln verziert. In seinen Ohrläppchen steckten mit Ornamenten versehene Knochensplitter aus dem Rückgrat eines Jaguars. Als Kopfschmuck trug der Hohepriester eine mit Perlen bestickte Stoffmütze. Seine Zähne waren spitz zugefeilt und schwarz eingefärbt. Es gab keine Stelle an seinem Körper, die nicht mit Steinmessern eingeritzt und teils mit bunten, teils mit dunkelblauen Tätowierungen versehen war. Sie zeigten allegorische Motive wie den Kampf von König *Jaguarkralle* am Tag *12 Tod* mit seinem Widersacher *Neun Blume*. Mitten in der Nasenscheidewand von *E'tznab'ix* steckte ein geschliffener Edelstein.

Vor dem Hohepriester saß sein König *Pa'Chan*, »der gebrochene Himmel«, auf einem goldenen Thron. Der gottgleiche Herrscher der Mam-Maya hielt ein doppelköpfiges Schlangenzepter in der rechten Hand. Angetan war er mit einem glitzernden und schimmernden Mantel, der von bunten Federn und wertvollen Muscheln geschmückt wurde. Seit Stunden schon herrschte eisernes Schweigen, so wie es das gottgegebene Ritual verlangte. Niemand sonst hielt sich in der Kammer auf. Kein Berater und keine Wache durfte Zeuge dieser geheimen Beratung sein. Eine Ampel strahlte ein schwaches, rötliches Licht aus. Das Räucherwerk in einer weiß und orangefarben gestreiften Sardonyxschale glomm und verbreitete einen schweren, harzigen Duft, welcher die Atemwege unangenehm reizte.

Schließlich begann der König zu sprechen, wobei er ein leichtes Hüsteln nicht völlig unterdrücken konnte: »Die Götter haben mich gestraft. In meinem Leib wächst eine fremde Frucht wie ein Fötus im Bauch einer schwangeren Frau. Aber ich werde kein Kind gebären. Die Ärzte können mir nicht helfen. Sie haben meinen Körper geöffnet und wieder verschlossen. Die Geschwulst wird mich schon bald töten. Dann steige ich auf in den Himmel und werde zu einem neuen, hellen Stern neben dem des großen König *Quetzalcoatl*.«

»So will es der Ratschluss der Götter, oh großer Herr. Ihr seid mit Eurer Geburt dem Reich des Todes entronnen, habt das Antlitz der Erde mit Eurer Güte und Weisheit geschmückt und werdet nun dem vorbestimmten Pfad weiter folgen und oben im Himmel für immer über uns wachen.«

Der König machte eine ungeduldige Handbewegung. »Mein Herz ist voller Sorge. Die einst so stolzen Maya-Reiche sind seit vielen *haab* dem Untergang geweiht. Hungersnöte und Dürren haben die Täler verwüstet. Nur wenige Enklaven in den Bergen konnten überleben. Doch nun kommt die Kunde von weißen Männern. Sie tragen Umhänge aus Eisen und führen lange Stöcke mit sich, die laut brüllend tödliches Feuer speien. Bald, in wenigen *tun*, werden die Fremden hier eintreffen. Sie möchten keinen Handel mit uns treiben. Sie wollen weder Jade gegen Muscheln noch Türkise gegen Jaguarfelle noch Papageienfedern gegen irdenes Geschirr noch Kakao gegen Tabak noch Mais gegen Chili noch Truthähne gegen Salz tauschen. Jedes ihrer Worte ist falsch. Ihre Lügen schreiben sie am liebsten auf weißes Papier, weil es sofort zerfällt, wenn es nass wird. Sie sind getrieben von der Gier nach *oro*, dem glänzenden Metall der gelben Sonne, und den gefrorenen Tränen der Mondgöttin. Wenn die weißen Männer weiterziehen, so lassen sie Tod und Zerstörung zurück. Sie beten nur zu einem Gott, und dieser Allvater ist böse. Doch wer soll mein Volk beschützen, wenn ich zum Himmel aufgestiegen bin? Deshalb musst du dich auf den Weg zur Wiege der fünften Sonne machen. Du besitzt die Macht, ihren Lauf zu verändern. Vernichte

Huitzilopochtli, vernichte den Teufel. Du erkennst ihn an seinem Schild *Teueuelli*, an einem dreifach gewundenen Speer in Form einer Schlange und an einem blauen Zepter. Sein Gesicht ist geschminkt. Er trägt einen Kopfputz aus Federn. Seine Arme und Beine sind gleichfalls gefiedert und mit blauer Farbe bemalt. Wenn *Huitzilopochtli* fällt, wird das alte Reich der Maya wieder in neuer Blüte auferstehen. Die weißen Männer werden verglühen wie Maiskolben im Feuer. Mit ihnen vergehen die seltsamen Tiere, auf denen sie reiten, und ihre hölzernen Sänften, die mühelos schwebend auf runden Scheiben über die Erde gleiten. Die seit Langem anhaltende Dürre endet wieder, die verdorrten Bäume treiben aus, und die Hungersnöte werden von Freudenfesten abgelöst.«

»Oh gottgleicher *Pa'Chan*, das zu erleben wäre auch mein sehnlichster Wunsch. Doch die Macht, den Teufel *Huitzilopochtli* zu vernichten, ist mir nicht gegeben. Kein lebendes menschliches Wesen vermag das. *Quetzalcoatl* hätte es vielleicht gekonnt. Ich kann zwar zur Wiege der Sonne zurückkehren, aber ich bin viel zu schwach, ihren Lauf zu ändern. Mir fehlt ebenso die Kraft, die schwarze Sonne anzuhalten. Aber ich kann ihr viele *katun* voraus in die Nachzeit folgen und mit meinen eigenen Augen sehen, was sich dort einstens ereignen wird. Nach meiner Rückkehr werde ich dir, oh Herr, davon berichten. Dann wissen wir auch, welche Vorkehrungen wir treffen müssen. Unserer Welt sind bereits viele andere Welten vorausgegangen und ebenso vom Antlitz der Mittelwelt verschwunden, wie die glanzvollen Reiche der Maya in den Tälern. Auch wir haben unsere Tempel auf den Ruinen fremder Völker errichtet. Geradeso wie sie können wir unser Schicksal nicht abwenden. Wir müssen es annehmen. Aber wir sollten es formen, damit unser Volk überleben kann, und dereinst in seiner alten Blüte wiederauferstehen wird.«

»Dann zögere nicht länger«, befahl König *Pa'Chan*. »Die Zeit drängt. Triff sämtliche Vorbereitungen, die du für notwendig erachtest, weiser *E'tznab'ix*. Selbst die Mitglieder der königlichen Familie werden sich glücklich schätzen, wenn sie einen bescheidenen Beitrag zu deiner Reise in die Nachzeit leisten können.«

* * *

Der Hohepriester wusste, dass diese zweite Reise zugleich seine letzte sein würde. Die körperlichen Strapazen waren zu groß. Er hoffte nur, dass am Ende seine Kraft noch dazu ausreichen würde, dem König die Kunde von den wichtigsten Ereignissen in der Nachzeit zu überbringen. Zunächst galt es, eine günstige Konstellation der Sterne zu finden. Ohne den Segen der Götter war das kraftzehrende Vorhaben undurchführbar.

E'tznab'ix verbrachte viele Stunden im Observatorium, dessen vier Fenster als genaues Abbild der Mittelwelt nach Norden, Osten, Süden und Westen zeigten. Er maß die Winkel zwischen den Himmelskörpern – bestimmte charakteristische Punkte auf den Laufbahnen von Sonne und Mond – rief den Himmelsvogel *Itzamná* an und bestimmte den Stand der Venus zum Beginn und zum Ende seiner Wanderschaft in die Nachzeit. Der Weltenbaum *Uakah Chan* hielt die Unter-, die Mittel- und die Oberwelt zusammen. Die Mittelwelt, also das Menschenreich und damit die gegenwärtige Erde, war ebenso rund wie die darunter liegende Unterwelt und die dreizehn Sphären der Oberwelt darüber. Aus diesem Grund konnte sich ein geweihter Wanderer, der den Segen des Himmelsvogels *Itzamná* und des Gottes des Wissens besaß, an jeden beliebigen Punkt in der Vor- und in der Nachzeit begeben.

Nachdem der genaue Tag und die genaue Stunde für den Aufbruch bestimmt waren, begann *E'tznab'ix* zu fasten. Sein Körper musste völlig entgiftet sein, bevor er auf die Wanderschaft gehen konnte. Sieben *kin* lang trank er nur leicht gewürztes, lauwarmes Wasser und nahm jeden Tag ein gehöriges Quantum verschiedener, fein geriebener und eingefärbter Mineralien zu sich: Auf das rote (Symbol des Feuers) folgte das blaue Pulver als das Symbol des Wassers. Anschließend kam das gelbe (Mais) an die Reihe, dann das braune (Adler), darauf das grüne (Wald), danach das violette (Morgengrauen) und ganz zum Schluss das schwarze (Abenddämmerung).

Magen und Darm waren nach einer Woche harter Fastenkur völlig entleert. Der Hohepriester ließ zur Probe frisches, klares Quellwasser die Kehle hinunterrinnen. Es war völlig ungetrübt, als es bald darauf den Körper wieder auf natürlichem Wege verließ.

E'tznab'ix nahm nun ein heißes, aromatisches Bad. Die stark duftenden Blüten, die oben auf dem Wasser schwammen, stammten von zwanzig mal zwanzig der schönsten Blumen und Orchideen. Ihre ätherischen Öle erweiterten die Poren und machten den Körper bereit für die Wanderung. Anschließend ließ der Hohepriester von zwei Leibsklaven seinen sämtlichen Körperschmuck entfernen und sich den Schädel glatt rasieren.

Die symbolische Selbstopferung begann. *E'tznab'ix* stach sich zwanzig Mal zwanzig spitze, lange Dornen von einer Maguey-Agave in Arme, Brust und Beine. Mit einem scharfen Obsidian-Messer ritzte er sich die Wangen, die Ohren und die Zunge auf. Er streute *Ch'an-Su*, ein grünes Pulver, das aus den getrockneten und zerriebenen Häuten der Bufo-Kröten gewonnen wurde, über die Wunden. Es brannte wie Feuer, aber der Blutfluss wurde gestoppt. Der Hohepriester zog einen Dorn nach dem anderen aus der Haut, sammelte sie in einer flachen Schale und zündete sie an. Es gab eine grelle Stichflamme.

Der große Moment würde bald kommen. Nun gab es nur noch wenig zu tun. *E'tznab'ix* streifte sich den Umhang aus Adlerfedern über und trat aus dem Sonnentor des Tempels. Das Gesicht des Hohepriesters war schwarz eingefärbt. Am Fuße der Pyramide hatte sich eine vielköpfige Menge versammelt. Zum Opferstein führten 364 Stufen hinauf, die ein Sonnenjahr symbolisierten. Es herrschte eine gespenstische Stille. Selbst die Kinder schwiegen. Dann bliesen sechs auserwählte Krieger in bunten Federmänteln in ihre geschwungenen Muschelhörner. Der Klang war tief und dröhnend. Die Trommler begannen die Schlegel zu schwingen. Die dumpfen Töne wurden von den Bergen ringsum als Echo zurückgeworfen und klangen immer bedrohlicher. Selbst der Himmel schien sich zu verfinstern.

Uxmala, die jüngste Tochter des Königs, lag mit ausgebreiteten Armen und Beinen auf dem kreisrunden und tonnenschweren Opferstein aus Basalt. Er war mit einem kunstvollen Relief aus Sonnenstrahlen geschmückt, aus dessen Zentrum das Gesicht des Adlergottes *Huitzilopochtli* mit grimmigem Blick hervorschaute. Das Mädchen wurde von vier der niederen Priester festgehalten. Sein rot eingefärbter und mit rituellen Symbolen bedeckter Körper glänzte fettig. *Uxmala* war lediglich mit einem aus Perlenschnüren geknüpften Lendenschurz angetan. Ihren Blick hatte sie himmelwärts gewandt. Sie wusste, dass sie bald zu einem neuen Mond werden würde, der weit oben am Himmel in einem fernen Universum kreiste. Uxmala hatte keine Angst vor der Einsamkeit. Bald würde ihr der Vater nachfolgen und als erwachende Sonne neben ihr am Firmament erstrahlen.

Der Hohepriester reckte den rechten Arm in die Höhe. In seiner Hand blitzte ein metallisch schillerndes Obsidian-Messer aus schwarzer Glaslava auf. Die Muschelhörner verstummten. Die Trommeln wurden lauter. Die Menge hielt den Atem an.

E'tznab'ix stimmte den großen Gesang der Götter an: »So wie die Maispflanzen keimen, wachsen, vergehen und ihre Körner wieder zu keimen beginnen, so wandern wir Mam-Maya als die Söhne und Töchter der Sonne durch die Zeiten. Wir durchstreifen die Hallen der Ahnen, erleben das Menschenreich, steigen zu den Göttern auf und kehren erneut in das Menschenreich zurück.« Im nächsten Moment führte er einen kräftigen kreuzförmigen Schnitt auf der Brust von *Uxmala* aus, dort wo sich *teyolia*, das Bewusstsein und die Seele des Mädchens befanden. Das scharfe Messer zerteilte mühelos die Haut, das Fleisch, die Muskeln und den knöchernen Brustkorb. Heißes Blut spritzte dem Hohepriester ins Gesicht. Er steckte seine linke Hand in die klaffende Wunde und riss der Tochter des Königs das Herz heraus. Es zuckte noch, als er es triumphierend in die Höhe hielt.

Die Menge brach in lauten Jubel aus, sank in die Knie und reckte die Arme in die Höhe. *E'tznab'ix* legte das Herz in die Opferschale und gab dem toten Mädchen einen Stoß. Der Körper fiel hinunter in den Abgrund und schlug in einem Wasserbassin auf. Mehrere Sklaven schafften den Leichnam beiseite.

Nun folgten die Gefangenen, zwanzig mal zwanzig an der Zahl, in der Mehrzahl Bauern oder Krieger aus den Tälern. Ihre mit Ruß geschwärzten Körper glänzten ölig, ihre Blicke waren leer. Sie wussten, dass sie keine Gnade zu erwarten hatten.

Der Hohepriester gönnte sich keine Atempause. Die Sklaven unten am Wasserbecken mussten sich beim Einsammeln der Leichen sputen, um nicht vom nächsten herabfallenden Körper getroffen zu werden.

Der Berg der Herzen wuchs stetig in die Höhe. Die Plattform troff vor Blut. Es lief in einer schmalen Rinne die 364 Stufen der Treppe hinab und sammelte sich in einem Becken am Grund. Ein Zuschauer nach dem anderen trat vor, tauchte seinen rechten Zeigefinger in die Blutschale und beschmierte seine Stirn. Auf diese

Weise würden das Wissen und die Kraft der vielen Toten und ein wenig von dem königlichen Geblüt *Uxmalas* auf ihn übergehen.

Als die Arbeit getan und das letzte Herz herausgerissen war, übergossen die niederen Priester den Berg auf dem Opferstein mit einem sorgfältig angerührten Gemisch der verschiedensten Pflanzensäfte und Baumharze.

E'tznab'ix hielt eine Fackel daran. Eine hohe, grellrote Stichflamme schoss in die Höhe. Der Hohepriester stimmte den Gesang der Reise zum Himmelspalast *palacio nejo* an. Unten am Fuße der Pyramide warf sich das Volk auf den Boden und schlug mit den flachen Handflächen im gleichmäßigen Takt der Trommeln auf das Pflaster. Ein Strahl der untergehenden Sonne tauchte den Platz in ein gleißendes Licht. Die Trommler verstummten, das Klatschen brach ab.

Als die Menschen die Köpfe wieder hoben, war der Hohepriester bereits verschwunden. Er hatte sich in das Innere der Pyramide zurückgezogen. Er durchquerte mehrere Gänge, kletterte steile Treppen hinab und gelangte schließlich in die geheime Kammer im Zentrum des Heiligtums. *E'tznab'ix* war allein. Kein Diener und kein anderer Priester durften jemals bis hierher vordringen. Anderenfalls wäre sein Leben verwirkt gewesen. Schwer bewaffnete Wachen schirmten den einzigen Zugang zu dem Gemach ab.

In dem kleinen quadratischen Raum, der spärlich von einigen Öllampen erhellt wurde, stand lediglich ein Gestell aus Mahagoniholz, auf dem mehrere Jaguar- und Pumafelle lagen. Die Wände ringsum waren mit allegorischen Zeichnungen aus der Geschichte der Mam-Maya bedeckt.

Der Hohepriester tauschte den Umhang aus Adlerfedern gegen einen Mantel, der aus den smaragdgoldgrünen und scharlachroten Federn des *Quesal* genannten Pfauentrogons bestand. Die letzte Etappe hatte begonnen. *E'tznab'ix* war ein furchtloser Mann. Als Jüngling hatte er seinem König bei zahlreichen blutigen Kämpfen beigestanden. Er war mehrfach schwer verwundet worden, und hatte die grausamen Initiationsriten vor der Weihe zum Priester gestärkt an Körper und Geist überstanden. Körperliche Schmerzen waren ein wesentlicher Bestandteil seines Lebens. Er ertrug sie mit Gleichmut, denn er kannte nichts anderes. Doch nun packte ihn die kalte Angst.

Die erste Reise hatte er vor vielen, vielen Umläufen der Sonne angetreten. Damals war er der Sonne gefolgt und an die Wiege der Mam-Maya zurückgekehrt. Zu dieser Zeit hatte er noch in der Blüte seiner Jahre gestanden. Doch trotz seiner überschäumenden Manneskraft wäre er um ein Haar an den ungeheuren Strapazen der Seelenwanderung gestorben. Nach seiner Rückkehr lag er mehrere Monde auf seinem Krankenlager. Er wurde von heftigen Fieberattacken gequält, litt unter Auszehrung und stand dem Tode näher als dem Leben.

Doch das Wissen um das längst Vergangene nützte ihm nichts. Es gab keinen Ausweg. Er war berufen und hatte eine Pflicht zu erfüllen, die ihm kein anderer Mensch abnehmen konnte.

Der Hohepriester öffnete einen Schrein an der Wand.

Darin stand eine goldene Figur. Sie stellte *chaac* dar, den Gott des Donners, des Regens, der Fruchtbarkeit und des Ackerbaus. Die Statue war hohl. Doch nur ein Eingeweihter vermochte es, sie zu öffnen. In ihrem Inneren verbarg sich ein schmaler Beutel aus fein gegerbtem Hirschleder. Er enthielt ein rötliches Pulver. Es war wohl die wertvollste Substanz auf Erden.

Die Maya kannten kein Geld, sie tauschten ihre Waren. Kakaobohnen stellten den Umrechnungskurs dar: Für eine Bohne gab es einen Maiskolben, für drei Bohnen ein Paar Sandalen und für zehn Bohnen einen wohlgenährten und schlachtreifen Hund. Eine Messerspitze des rötlichen Pulvers war mindestens 100.000 Kakaobohnen wert. Es wurde aus den getrockneten und zerriebenen Pygidialblasen eines winzigen und seit Langem ausgestorbenen Käfers gewonnen, der zu Zeiten der Urväter auf einer seltenen Kaktusart in der Region *Coaxtlahuacan* gelebt hatte. Der Hohepriester schüttete jeweils eine Prise des Pulvers in zwei nebeneinanderliegende, fingerkuppengroße Vertiefungen, die in ein glatt poliertes Brettchen aus Akazienholz eingearbeitet worden waren.

E'tznab'ix stellte sich aufrecht hin, schlug kreuzweise mit beiden Fäusten gegen seinen Brustkorb, stieß dabei dumpfe Laute aus und atmete wechselseitig so tief wie möglich ein, bis seine Lungenbläschen fast zum Platzen mit Luft gefüllt waren.

Dann fühlte sich der Hohepriester zum Äußersten bereit. Der Segen der Götter ruhte auf ihm. Er kniete sich hin, hob das Akazienholzbrettchen vor sein Gesicht, hielt seine Nasenlöcher ganz dicht über die beiden Vertiefungen, holte Luft und saugte den Staub so tief ein, wie sein Atem reichte.

Die brutalen Körperqualen setzten im gleichen Moment ein. Sie waren noch bestialischer als beim ersten Mal. Es fühlte sich an, als würden zwei brennende Stäbe mit großer Kraft mitten durch die Nase bis tief ins Gehirn gestoßen werden. Gleißende Sterne explodierten, rot glühende Lava ergoss sich zischend. *E'tznab'ix* brüllte sich die Seele aus dem Leib, aber es war niemand da, der ihm beistehen konnte. Ätzender Rauch schoss aus seinen Nüstern. Er schlotterte und schüttelte sich, wie vom Veitstanz befallen. Seine Zähne knirschten, und ihre Spitzen brachen reihenweise ab. Die Muskeln in Armen und Beinen kontrahierten unkontrolliert. Die Augäpfel rotierten und traten aus den Höhlen. Als der Schmerz schließlich unerträglich wurde, sank *E'tznab'ix* bewusstlos zu Boden.

* * *

Die Zeit verging. Als der Hohepriester wieder zu sich kam, zitterte er am ganzen Körper. Krämpfe schüttelten ihn. Er lag in einer kalten Lache, denn er hatte unter sich gemacht. *E'tznab'ix* wusste nicht, wie viele *kin* inzwischen vergangen waren. Er wollte sich erheben, aber er war viel zu schwach dazu. Er trank aus einer Kürbisflasche einen Schluck Wasser, das mit *Pulque* und schmerzstillenden Opiaten versetzt war. Anschließend kroch der geschundene Mensch mit letzter Kraft auf allen Vieren den gewundenen Korridor in Richtung Ausgang. Es gelang ihm noch, an der

Eichentür zu kratzen, dann wurde er wieder ohnmächtig.

Als *E'tznab'ix* zum zweiten Mal erwachte, tupfte ihm eine dunkelhäutige Sklavin den kalten Schweiß von der Stirn und der Brust. Er wollte sprechen, aber sein Atem rasselte zu stark. Langsam nahm er die Umgebung wahr. Er lag im königlichen Schlafgemach auf einer gepolsterten Schilfmatte.

Die Sklavin faltete ihre Hände vor der Brust und entfernte sich. Bald darauf trat König *Pa'Chan*, »der gebrochene Himmel«, ein. Sein Gesicht war fahl wie der Mond und schmerzverzerrt. Er stützte sich schwer auf einen Stock aus Ebenholz, um den sich eine geschnitzte Natter mit Edelsteinaugen wand. »Es wird höchste Zeit«, sprach der Herrscher, »ich muss die letzten Vorbereitungen treffen. Du bist sieben Sonnen und sieben Monde fortgeblieben. Ich habe deine Rückkehr voller Ungeduld erwartet. Ich hatte Angst, es könnte zu spät sein.«

Der Hohepriester versuchte sich aufzuraffen, aber es gelang ihm nicht. Das Leben begann aus seinem gequälten Körper zu entweichen. Flüsternd sprach er: »Oh großer Herr, Ihr müsst noch nicht sterben. Die Ärzte werden eine Tinktur zubereiten, die Euch neuen Lebensmut gibt, wenn auch nicht für lange. Aber Ihr müsst erst nach dem nächsten Schrei der Eule den Weg zu den dreizehn Sphären des Himmels antreten.«

»Was passiert nach dem Tod und meiner Auffahrt zu den Sternen?«

»Ich kann es Euch sagen. Ich habe getan, was mir aufgetragen ward und eine weite Reise hinter mir. Ich war zu Gast sowohl in der ganz nahen und als auch in der weit entfernten Nachzeit. Es wird so kommen, wie Ihr es vorausgesagt hattet. Die weißen Männer werden mit einem großen Heer, Fahnen des Friedens und freundlichen Gesten nahen. Sie halten die Hände zum Willkommen ausgestreckt. Aber sie sind falsch wie Beutelratten. Sie werden alle Mam-Maya töten, die nicht ihr Heil in der Flucht suchen.«

»Bedeutet das den Untergang meines Volkes?«

»Nein, oh Herr«, antwortete *E'tznab'ix*. »Eine Handvoll Bauern und Handwerker, einige tapfere Krieger, mehrere bedeutende Männer von Adel und zwei weise Priester können entkommen. Sie werden sich in den Bergen versteckt halten und dort überleben. Die weißen Teufel in ihrer Gier nach *oro* kümmern sich nicht um sie. Etliche Familien der Mam-Maya werden die Zeiten überdauern. Sie warten auf den Tag der Wiedererweckung und geben bis dahin ihr Wissen von Generation zu Generation weiter.«

»Was geschieht mit meiner Grabkammer? Werden die weißen Männer sie finden und plündern?«

»Nein, oh Herr, es wird ihnen nicht gelingen. Sie werden jeden Stein auf der Suche nach ihr umdrehen. Am Ende scheitern sie, und sie müssen ihre Frevel mit dem eigenen Leben bezahlen.«

»Was geschieht am Tag der Wiedererweckung? Wie kann der neue König an mein Vermächtnis gelangen?«

»Es gibt einen sicheren Weg«, sprach der Hohepriester mit ersterbender Stimme. Der König musste sich tief zu ihm hinunterbeugen, um ihn verstehen zu können. »Geht hinunter in die geheime Kammer im Zentrum des Heiligtums. Dort findet Ihr die goldene Statue von *chaac*, dem Gott des Donners, des Regens, der Fruchtbarkeit und des Ackerbaus. Die Figur ist hohl. Ihr seid ein Eingeweihter. Ihr wisst, wie sie zu öffnen ist. Versteckt in der Statue einen Plan, der den Weg zu Eurer Grabkammer weist.«

»So soll es sein«, antwortete der König. »Aber wo und wie verberge ich die Figur? Sie darf nicht in die Hände von Grabräubern fallen, aber der Herrscher der Nachzeit muss wissen, wo er sie finden kann?«

Aber *Pa'Chan*, »der gebrochene Himmel«, erhielt keine Antwort mehr. Der Hohepriester war in seinen Armen gestorben.

* * *

Der Königspalast hatte offiziell 364 Räume. Das waren allerlei Festsäle, Versammlungszimmer, Schlafgemächer, Räumlichkeiten für Gäste, Küchen, Badestuben, Waffenkammern, Unterkünfte der Wachen und der Sklaven, Nebengelasse und Kellerverliese. Ganz tief unten auf dem Grund gab es ein Kanalbett, durch das ein Bach geleitet worden war, der den Palast mit Frischwasser versorgte. Nur ganz wenige Menschen wussten, dass das Wasser gestaut werden konnte. Sobald das geschehen war, ließ sich eine auf dem Grund des Kanals in den Felsen geschnittene Falltür öffnen. Unter ihr verbarg sich ein geheimer Raum, den der König als seine Grabkammer auserkoren hatte. In sie ließ er von Sklaven, denen die Zungen herausgeschnitten worden waren, auf den Rat des Hohepriesters hin seine gesamten Schätze bringen: Möbel, Stoffe, Tierfelle, seltene Federn, Schriftrollen, goldene Geschmeide, Körbe voller Kakaobohnen, Edelsteine, steinerne Messer und alle wichtigen Bücher. Anschließend wurden die Sklaven sofort getötet.

Als *Pa'Chan*, »der gebrochene Himmel«, spürte, dass sein Ende nahte, ließ er sich von zwei Leibdienern hinunter in die Grabkammer tragen. Ein junger Priester, der gerade erst die Einweihungsriten überstanden hatte, sowie die Königin *Uaxacla* begleiteten ihn in die Tiefe. Der Priester blieb vor der Grabkammer zurück. Er verschloss und versiegelte die Falltür über den vier Todgeweihten. Anschließend ließ er dem Wasser wieder freien Lauf, stieg hoch zum Opferstein der Pyramide und öffnete dort seine Pulsadern. Kein lebender Mensch wusste nun noch von der Existenz der Schatzkammer.

In einem finsteren Quergang vor leeren Kellergewölben, in dem sich Unrat auf dem Boden häufte, gab es eine unscheinbare Felsspalte. Sie war gerade breit genug, dass ein dünner Arm hineinlangen konnte. In ihr steckte in einen schmutzigen Lappen gehüllt die goldene Statue von *chaac*, dem Gott des Donners, des Regens, der Fruchtbarkeit und des Ackerbaus.

5. Kapitel

»Und hier bin ich! Zeitungsjunge, Offiziersbursche, Soldat,
Journalist, Schriftsteller – was kommt als nächstes?
Ganz egal, was es ist, ich wette, es ist interessant.«

Edgar Wallace, *People*

Kombiniere, kombiniere

London, 27.10.1929

Am späten Sonntagnachmittag traf der Kriminalschriftsteller vor dem Haus Portland Place 5 ein, wo sich die Londoner Stadtwohnung der Familie Wallace befand. Obwohl das Domizil im ersten Stock lag, nahm der Meister den Personenaufzug. Er hasste jegliche Form der körperlichen Betätigung, wozu auch das Treppensteigen zählte. Vor der Korridortür blieb er verwundert stehen. Im Treppenhaus herrschte absolute Stille. Kein Laut drang aus seiner Bleibe nach draußen. Das war äußerst seltsam. Seine drei Kinder – das sechsjährige Nesthäkchen Penelope, die zwölfjährige Patricia und der dreizehnjährige Michael – pflegten nämlich üblicherweise einen Höllenlärm zu veranstalten. (Wobei Michael nicht sein leiblicher Sohn war, sondern ein während der Ehe geborener Bankert, den ihm die ungetreue Ivy unterzuschieben versucht hatte. Doch das war eine andere Geschichte, die schließlich in die Ehescheidung mündete. Seit Ivys Tod vor vier Jahren lebte der Junge bei ihm. Edgar Wallace gab sich große Mühe, ihn stets wie sein eigen Fleisch und Blut zu behandeln.)

Der Schlüssel drehte sich im Schloss. Drinnen herrschte eisige Stille. Der Schriftsteller verharrte unschlüssig in der Diele. Er brauchte die Zimmerflucht nicht abzuschreiten. Er spürte es intuitiv, dass sich selbst im hintersten Winkel der Wohnung keine einzige Menschenseele aufhielt. Wo war die Bande nur abgeblieben? Dann traf ihn die Erleuchtung wie ein Hammerschlag: Heute am Sonntag war Kirchweihfest in Bourne End!

Edgar Wallace hatte im Frühjahr in jenem kleinen Städtchen, welches eine gute Autostunde von London entfernt zwischen Cookham und Beaconsfield am Oberlauf der Themse lag, ein stattliches Landhaus namens *Chalklands* zu einem weit überhöhten Preis erworben. Das riesige Anwesen (das jedoch in Wahrheit nicht ihm, sondern der Bank gehörte) verfügte über einen eigenen Tennisplatz sowie eine Turnhalle und war von herrlichen Reit- und Wanderwegen umgeben. Der Meister hatte sich notgedrungen auf den dringenden Ratschlag seines Hausarztes hin, der ihm wegen des ständig wachsenden Übergewichts regelmäßige körperliche Ertüchtigung verordnet hatte, wenigstens teilweise auf das Land zurückgezogen. Seitdem pendelte die Familie nebst dem gesamten Personal regelmäßig zwischen London und Bourne End hin und her. Doch das stellte kein Problem dar. Die Familie Wallace verfügte über Limousinen in ausreichender Anzahl.

Auf dem Tennisplatz und in der Turnhalle von *Chalklands* pflegten sich die Kinder zu tummeln. Violet ritt regelmäßig aus. Obwohl der Schriftsteller ein ausgesprochener Pferdenarr war, vermied er es tunlichst, sich seit einem schweren Sturz vor über zwanzig Jahren wieder in den Sattel zu setzen.

Dessen ungeachtet besaß er trotzdem den festen Willen, der ärztlichen Empfehlung im Rahmen seiner Möglichkeiten zu folgen. Doch es bestanden ernsthafte Hinderungsgründe. Die drückenden Abgabetermine bestimmten den Alltag. Obwohl der Kriminalautor nächtelang durcharbeitete, gelang es ihm so gut wie nie, die fest versprochenen Buchmanuskripte und Zeitungsartikel fristgerecht abzuliefern. Es gab wichtige Derbys (angeführt vom traditionsreichen Pferderennen in Ascot), die er nicht versäumen durfte. In seinem eigenen Rennstall und im von ihm angemieteten *Wyndham-Theater* musste er ständig nach dem Rechten sehen. Dazu kamen offizielle Empfänge, Pressekonferenzen und Verlagsbesprechungen. Auch sein Posten als Aufsichtsratsvorsitzender der *British Lion Filmgesellschaft* kostete mehr Zeit, als ihm lieb war. Im Ergebnis dessen war Edgar Wallace noch nicht ein einziges Mal in Bourne End spazieren gegangen, geschweige denn über die weiten Felder gestreift. Das sündhaft teure Rudergerät aus Kirschbaumholz stand nach wie vor unausgepackt in einer Ecke der Turnhalle.

Als Edgar Wallace alle diese Gedanken durch den Kopf gingen, deren Kette durch das Kirchweihfest in Gang gesetzt worden war, hielt er für einen Moment lang inne. Dann fasste er einen weitreichenden Entschluss (allerdings zum wiederholten Mal). Von nun an wollte er sein Leben grundlegend umkrempeln! Der Erhalt der eigenen Gesundheit würde ab sofort an die

Spitze der Prioritätenliste rücken. Nur ein lebender Kriminalschriftsteller war ein guter Kriminalschriftsteller. Von seinem Arbeitszimmer in *Chalklands* aus konnte der Meister nämlich den nahe gelegenen Friedhof sehen. Das war auch für wenig abergläubische Menschen kein gutes Omen. Bei dem Gottesacker handelte es sich zwar um ein überaus hübsches Fleckchen Erde, doch Edgar Wallace hatte keine Eile, dort für immer zu verweilen. Und ganz genau deshalb tat er im nächsten Moment aus freien Stücken etwas, das er ansonsten nur machte, wenn ihm keine andere Wahl blieb: Der übergewichtige Autor ließ den Fahrstuhl stehen und benutzte die Treppe nach unten.

Auf der Straße wartete der Rolls-Royce auf ihn. Graham Fowles, der Chauffeur, war offensichtlich davon ausgegangen, dass der Halt am Portland Place nur ein Zwischenstopp sein sollte. Gegen acht Uhr abends erreichte der Meister schließlich sein Landhaus. Dort herrschte bereits helle Aufregung.

Als er das Vestibül betrat, kam seine Gattin Violet, eine schlanke und attraktive 32-jährige Frau mit modischer Kurzhaarfrisur, auf ihn zugeeilt und umarmte ihn herzlich. »Mein Gott, Mäusebär, wo bist du nur geblieben? Wir haben uns schon große Sorgen gemacht«, flötete sie leicht theatralisch. Bis zu ihrer Heirat vor acht Jahren war Missis Wallace die Sekretärin des Krimiautors gewesen und hatte die von der ungetreuen Ivy hinterlassene Lücke inzwischen mehr als ausgefüllt. »Ein Telefonanruf von dir zwischendurch hätte mich bereits beruhigt. So aber hingen wir die gesamte Zeit über wie zwischen Baum und Borke.«

Edgar Wallace wollte etwas erwidern, aber er kam nicht zu Wort.

Seine Gemahlin plapperte weiter wie ein Wasserfall: »Es ist wirklich zu schade, dass du heute Nachmittag nicht an dem Wohltätigkeitsbasar teilnehmen konntest. Stell dir nur vor: Ich habe beim Kuchenwettbewerb den dritten Platz belegt, und Michael wurde Zweiter beim Bogenschießen. Der Pfarrer meinte anerkennend, dass die Familie Wallace in der kurzen Zeit seit ihrem Einzug bereits zu einem wichtigen Gemeindemitglied geworden sei. Doch nun müssen wir uns sputen. Der Tanz auf der Tenne hat bereits vor einer Stunde begonnen, und du musst dich noch umkleiden.«

»Jim, du weißt ganz genau, dass ich Ringelpiez in jeglicher Form hasse. Außerdem habe ich einen anstrengenden Tag hinter mir, und ich muss noch ein schwieriges Problem lösen, welches keinen Aufschub duldet.«

Edgar Wallace hatte seiner Frau den Kosenamen »Jim« als Reminiszenz an die Erzählung *Lord Jim* von Joseph Conrad gegeben. Auf diese Anrede zu kommen, war nicht weiter schwer gewesen. Der Meister schmökerte in der Regel nur in seinen eigenen Büchern. Die Werke anderer Autoren, die er von vorne bis hinten gelesen hatte, ließen sich an den Fingern einer Hand abzählen. *Lord Jim* rangierte an dritter Stelle. Seine Lieblingsnamen wären ganz klar »John Silver« oder »Robinson« gewesen, doch für seine Eheliebste hatte er weder den einen noch den anderen als passend empfunden.

»Ach, mein armes Hamsterchen. Soll ich dir den Morgenrock und die Pantoffeln holen? Mach es dir doch bequem. Du hast doch aber sicher nichts dagegen, wenn ich mit den Kindern noch für eine Weile hinübergehe? Die kleinen Racker haben sich schon so sehr auf das Feuerwerk gefreut.«

Edgar Wallace nickt zustimmend. Er verschwand in der Bibliothek und ließ sich in den voluminösen Ledersessel am Kamin sinken.

Robert Downs, der Butler, war sofort zur Stelle. Er kannte sich mit den Bedürfnissen seines Herrn bestens aus. Er servierte deshalb zuerst einen heißen Tee. »Wünschen Sie noch etwas Leichtes zur Nacht, Sir? Ich könnte aus der Küche noch einige gebutterte Scheiben Toast mit Fruchtaufstrich kommen lassen. Im Augenblick haben wir Blaubeer- und Aprikosenkonfitüre vorrätig.«

Edgar Wallace wäre beinah schwach geworden, erinnerte sich aber dann doch noch an seine guten Vorsätze, die er kurz zuvor erst wieder erneuert hatte. »Lassen Sie es gut sein, Downs«, sagte er. »Ich habe heute schon ausgiebig gespeist. Ich nehme mit einigen Haferkeksen vorlieb.«

»Ganz wie der gnädige Herr wünschen«, erwiderte der Butler und entfernte sich mit einer Verbeugung.

Violet kam in das Zimmer gerauscht. »Findest du diese blaue Samtrobe mit ihren frechen Falten zu aufdringlich, mein Putzikaterchen? Oder soll ich mich lieber in ein dezentes Schwarz mit einem Rüschenaufsatz kleiden, weil es sich um ein Kirchenfest handelt?«

»Das Gewand steht dir ganz ausgezeichnet«, erwiderte der Meister leichthin, währenddessen er mit seinen Gedanken ganz woanders war.

Seine Gattin stampfte wütend mit dem Fuß auf. »Bärchen, du hast überhaupt nicht hergesehen!«

»Aber doch, habe ich.«

»Hast du nicht!«

»Habe ich wohl.«

»Nun gut, Hasi, ich will es dabei bewenden lassen. Die Kinder und ich müssen uns wahrlich sputen. Bald nach dem Feuerwerk werden wir wieder zurück sein. Dann können wir in aller Ruhe über deine Probleme sprechen.« Im nächsten Moment war die Rasselbande zur Tür hinaus.

Robert Downs schichtete einige Scheite Holz über der Glut im Kamin und schürte das Feuer. Nachdem der Butler den Raum verlassen hatte, rückte sich Edgar Wallace die abgesteppte Lederfußbank zurecht und hüllte sich in ein kariertes Plaid. Das Rätsel des verschlossenen Raums kreiste durch seine Gedanken. Die Lösung schien greifbar nah zu sein – doch im nächsten Moment rutschte ihm der Kopf nach hinten. Die Dunkelheit senkte sich herab, und er begann tief und fest zu schlafen.

Rumms! Die schwere Eichentür zur Bibliothek knallte gegen ein Bücherregal. »Papa, Papa«, schrie Penelope und hüpfte wie ein Gummiball quer durch den Raum. »Das Feuerwerk war fabelhaft. Es gab witzige Fontänen und bunte Blumen zu sehen. Außerdem durfte ich ganz viel Limonade trinken. Nun gluckert es in meinem Bauch.«

Edgar Wallace erwachte und kam mühsam wieder zu sich. Sein Nacken schmerzte. In diesem Haus gab es feste Gewohnheiten: Wenn er in seinem Arbeitszimmer verschwunden war, hatte in allen Räumen absolute Ruhe zu herrschen. Dann war nur noch Flüstern erlaubt, und selbst die Dienstboten mussten auf Zehenspitzen schleichen. Doch sobald sich die Tür zum Arbeitszimmer wieder öffnete, durften die Kinder so viel Lärm veranstalten, wie ihnen beliebte. Und an diesen zweiten Teil der Regel hielten sie sich nur gar zu gerne.

Nun kamen auch Patricia und Michael in die Bibliothek gestürzt. Sie befanden sich auf der Flucht vor dem Kindermädchen. Kurz darauf konnte die Clique eingefangen werden. Langsam kehrte wieder Ruhe ein.

Violet hatte sich inzwischen umgekleidet. Sie trug ein seidenes, dezent gemustertes Negligé und hielt ein hochstieliges Glas mit einer hell-milchigen Flüssigkeit in der Hand, die intensiv nach Zitrone und Wacholder duftete. Sie nahm einen winzigen Schluck und setzte sich zu ihrem Mann auf die Sessellehne. »Haselnuckel, die Stützmauer am Tennisplatz wurde nicht ordnungsgemäß gegründet. Der Hang drückt nach. Bald wird alles einstürzen. Dann gibt es einen Erdrutsch. Wir müssen die Wand deshalb schnellstens befestigen lassen. Am besten ist, du sprichst gleich morgen mit dem Maurermeister aus Bourne End.«

»Das könnte ich gerne tun, aber es wird nicht viel nützen. Ich habe nämlich seine Rechnung vom Frühjahr noch nicht bezahlt. Aber justament hat sich mir eine neue Geldquelle erschlossen. Ich werde mir einen hübschen Batzen als Vorschuss auszahlen lassen, dem Handwerker einen ersten Abschlag geben und auf diese Weise unseren Tennisplatz vor dem Untergang retten.«

»Mein Schnurzelchen, daran tust du gut. Das ist ein famoser Plan«, erwiderte Violet und drückte ihrem Gatten einen zarten Kuss auf die Stirn. »Doch nun musst du mir erzählen, was dich bedrückt.«

Edgar Wallace kam ohne Umschweife zur Sache. Er berichtete von dem Gespräch mit Chefinspektor Osborne im Presseklub und von seinen Erlebnissen im Hause Wordsworth. »Das ist alles ein Ausfluss von diesem vermaledeiten Interview mit dem *Topic of the Day*, welches mir vor Kurzem in Deutschland schon so viel Ärger eingebrockt hat. Doch diesmal habe ich mich klüger angestellt, nach Möglichkeit meinen Mund gehalten und vor allem keine übereilten Schlussfolgerungen gezogen.«

»Mein Spätzchen, daran hast du sehr gut getan.«

»Aber jetzt bin ich mit meinem Latein am Ende. Wie kann man einen Raum von innen verschließen und sich anschließend aus dem Staube machen, wenn es keinen zweiten Ausgang gibt?«

»Ach, mein Püffel«, meinte Violet, »das ist ganz einfach. Warte, ich zeige es dir.« Mit diesen Worten stellte sie ihr Glas auf dem Rauchtisch ab und holte ihren rot lackierten Nähkasten. Sie entnahm ihm eine dünne Stricknadel und knotete einen stabilen Zwirnsfaden daran fest. Mit diesen Utensilien ging Missis Wallace zur Zimmertür, öffnete sie, steckte innen die Stricknadel durch den Bart des Schlüssels und zog den Zwirnsfaden am Boden unter dem Türblatt nach draußen auf den Flur. Sie begab sich hinaus, klinkte hinter sich die Tür zu und zog von außen an dem Zwirnsfaden. Der Schlüssel wurde wie von Zauberhand von der Stricknadel im Schloss gedreht. Knackend sprang der Riegel vor. Dann, als die Stricknadel nahezu senkrecht stand, rutschte sie aus dem Bart und fiel zu Boden. Der Spalt zwischen dem Parkett und dem Türblatt war breit genug. Violet vermochte es mühelos, die Stricknadel samt dem Faden durch die Ritze nach draußen zu ziehen. »So, mein Moppelchen«, rief sie durch die Tür, »jetzt kannst du wieder aufsperren und mich hineinlassen.«

Edgar Wallace war vor Staunen der Mund weit offen stehen geblieben. Er ließ seine Gattin eintreten und sich danach zurück in seinen Sessel plumpsen. »Dieser simple Trick ist wahrhaft fundamental. Aber ich verstehe den Sinn nicht.«

Violet zog sich den ledernen Fußschemel heran, ließ sich darauf nieder und umfasste die Knie ihres Ehemannes. »Mein Honigmäulchen, diese Geschichte scheint nur auf den ersten Blick völlig vertrackt zu sein. Doch nichts ist ohne Sinn geschehen. Es kommt also nur darauf an, die richtigen Fragen zu stellen. Wenn das gelingt, liegt die Lösung des Rätsels auf der Hand.«

»Aha. Und was sind deiner Meinung nach die richtigen Fragen?«

»Ad eins. Woher kannte der Dieb das Versteck des Schlüssels? Durch innere Eingebung? Weil er allwissend ist? Unsinn! Die Antwort ist höchst simpel: Weil er in der Vergangenheit bei einer passenden Gelegenheit beobachten konnte, wo der Bankier den Schlüssel verstaute. Wie war ihm dies möglich? Nun, in einem Haushalt gibt es lediglich zwei Personenkreise, vor denen nichts geheim bleibt. Das sind einerseits die Kinder, und andererseits die Bediensteten. Sie sehen und registrieren einfach alles. Wobei die Hausangestellten über den unschätzbaren Vorteil verfügen, gemeinhin unsichtbar zu sein. Sie sind ständig anwesend und haben ihre Augen überall, werden aber von der Herrschaft nur wahrgenommen, wenn sie einen Auftrag ausführen sollen.«

»Das Haus von Samuel Wordsworth ist ziemlich groß. Er wird also über reichlich Personal verfügen. Wie wollen wir da die Spreu vom Weizen trennen?«

»Das ist ganz einfach, mein Igelschnäuzchen. Wir gehen ganz strikt nach dem Ausschlussprinzip vor. Der Täter musste a) das Versteck des Schlüssels kennen und b) die Gelegenheit haben, die notwendigen Vorbereitungen für den Einbruch zu treffen, wozu zuvorderst das Ölen der Tür und das Ausschalten der Alarmanlage gehörte. Damit reduziert sich die Liste auf einige wenige Personen. Den Gärtner, den Chauffeur, die Stubenmädchen und die Küchenmagd können wir zunächst aussortieren. Sie kommen dafür kaum infrage, weil sie sich immer nur ungehindert in einem Teil der Räumlichkeiten bewegen konnten. Nahezu ständigen Zugang zu fast allen übrigen Gemächern dürften nur der Kammerdiener und der Butler gehabt haben. Sie müssen deshalb zuerst überprüft werden. Erst wenn sie hieb- und stichfeste Alibis vorweisen können, muss der Kreis der Verdächtigen erweitert werden.«

»Das leuchtet mir ein. Und wie nun weiter?«

»Kommen wir zu ad zwei, mein Herzblatt. Aus welchem Grund wurde die Tür von innen verschlossen?«

»Keine Ahnung«, gab Edgar Wallace ehrlich zu.

»Weil der Täter Zeit gewinnen musste. Zeit, die er dringend brauchte, um die Statue an einen sicheren Ort schaffen zu können. Diese offensichtliche Tatsache korrespondiert mit dem dritten Rätsel.«

»Welches da wäre?«

»Ach, mein Schnäuzelchen, manchmal stellst du dich viel zu begriffsstutzig an. Warum wohl hat der Dieb nur den goldenen Zwerg entwendet und die viel wertvolleren Golddoublonen zurückgelassen?«

»Weil er nicht so schwer tragen konnte?«

»Dann hätte er stattdessen die kostbare Reliquie mitgenommen. So ein alter, trockener Knochen kann schließlich nicht viel wiegen. Nein, es gab einen ganz einfachen Grund: Der Einbrecher war nicht aus eigenem Antrieb unterwegs gewesen, sondern er hat im Auftrag eines Dritten gehandelt. Vermutlich wurde er von diesem Hintermann nicht nur zu dem Verbrechen angestiftet, sondern auch noch dahin gehend erpresst, es auszuführen.«

»Das klingt logisch.«

»Wobei wir bei ad drei angelangt wären. Ich glaube, der Täter ist seinem Herrn treu ergeben, aber er hatte keine andere Wahl. Aus diesem Grund wollte er sein Heil nicht in der Flucht suchen. Er rechnet fest mit seiner Entdeckung und nimmt alle negativen Folgen billigend in Kauf, weil er das wahrhaft schwerwiegende Übel bereits mit der Übergabe der Statue abwenden konnte.«

Edgar Wallace nickte zustimmend mit dem Kopf. »Das klingt alles höchst plausibel. Aber woran soll ich den Täter erkennen, wenn zwei Personen zur Auswahl stehen? Wie soll ich den Schurken aus der Reserve locken, wenn er alles abstreitet und zusätzlich ein sicheres Alibi parat hält?«

»Meine Zuckerschnute, wer von uns beiden ist ein berühmter Kriminalschriftsteller, in dessen Büchern es nur so von Verhörszenen wimmelt? Wer von uns beiden hat im Jahr 1917 einen Geheimauftrag von der Sektion Aufklärung und Spionageabwehr des Kriegsministeriums erhalten und musste sechs Monate lang invalide britische Offiziere, die aus deutschen Kriegsgefangenenlagern entlassen worden waren, hochnotpeinlich befragen? Wer von uns beiden ist also der Verhörspezialist?«

»Das werde dann wohl ich sein, gnädige Frau«, gab Edgar Wallace reichlich kleinlaut zu.

»Na also, stell dich nicht so an«, setzte Violet fort. »Der Reigen beginnt, nehmen wir mal an, mit dem Butler. Du lässt ihn in einen separaten Raum führen, wo euch niemand hören kann. Ohne langes Drumherumgerede sagst du ihm auf den Kopf zu, dass er der Täter sei. Und du bietest ihm einen Handel an. Wenn er seinen Hintermann verrät, bekommt er Strafmilderung. Du wirst sehen, er wird sprudeln wie ein Wasserfall.«

»Und wenn er dennoch schweigt wie ein Grab?«

»In diesem Fall, Schnuckiputzi, lässt du ihn in eine Einzelzelle verfrachten und wiederholst das Spiel mit dem Kammerdiener. Und wenn beide nicht reden wollen, dann werden wir uns eine neue Strategie ausdenken müssen. So, genug geplaudert. Ich habe einen anstrengenden Tag hinter mir und mein Körper verlangt dringend nach seinem Schönheitsschlaf. Kommst du bald nach, Hamsterbäckchen?«

»Aber sicher. Ich bleibe nur noch für einen Moment am Feuer sitzen und lasse den Tag Revue passieren.« Eine Viertelstunde später erhob sich Edgar Wallace, verließ die Bibliothek, durchquerte den Korridor und verschwand in der Küche. Bald darauf wurde er fündig. Er schmierte sich fingerdick gelbe Butter auf einen Kanten Weißbrot und belegte das überdimensionale Sandwich mit einer gehörigen Scheibe kalten Schweinebraten. Es sollte das Abschieds-Nachtmahl sein. Ab morgen würde gefastet werden. Das war so sicher wie das Amen in der Kirche.

6. Kapitel

Um einen Kriminellen verstehen zu können, musst
du ihn näher kennenlernen und eine gewisse
Sympathie für ihn und seine Taten haben.

Edgar Wallace, *People*

Tropisches Gift

London, 28.10.1929

Am Montagmorgen begnügte sich Edgar Wallace zum Frühstück mit drei Spiegeleiern auf reichlich Toast. Die übrigen üblichen Beilagen wie den Speck, die Würstchen, die Nierchen, die gebratene Blutwurst, die Bohnen und die braune Soße ließ er diesmal weg. Stattdessen löffelte er ein Schälchen Porridge aus, obwohl der ungesalzene, mit Wasser aufgekochte Haferbrei grauenhaft schmeckte. Aber die Sorge um die eigene Gesundheit forderte eben ihre Opfer.

Um zehn Uhr traf der Meister im Haus von Samuel Wordsworth ein. Er wurde bereits sehnsüchtig erwartet. Fünf Minuten später kam auch Chefinspektor Osborne hinzu und komplettierte die Runde. Die drei Männer setzten sich in den Rauchsalon. Ein Dienstmädchen servierte eine Silberkanne mit pechschwarzem, kochend heißem Kaffee.

Nachdem sie die Tür hinter sich geschlossen hatte, konnte der Bankier seine Neugier nicht länger zügeln.

»Welche Neuigkeiten haben Sie für uns, hochverehrter Mister Wallace? Ich hoffe, es sind gute.«

Der Kriminalschriftsteller antwortete nicht sogleich, sondern öffnete bedächtig sein goldenes Zigarettenetui, reichte es herum (wobei nur Samuel Wordsworth zugriff und der Chefinspektor stattdessen eine Zigarre anschnitt), nahm sich eine türkische Zigarette mit Goldmundstück heraus, klopfte sie an, steckte sie in die Zigarettenspitze, ließ ein goldenes Feuerzeug schnappen, gab rundum den beiden Herren und sich zum Schluss Feuer, inhalierte tief, stieß den Rauch aus und legte eine zusätzliche Kunstpause ein.

Der Chefinspektor ertrug diese Scharade mit Fassung und einem fast unmerklichen Lächeln. Offensichtlich war er von seinen Vorgesetzten einiges gewohnt. Der Bankier hingegen begann unruhig auf seinem Stuhl hin und her zu rutschen. Schließlich war er der Vorstandsvorsitzende der *City Bank of London*. Über ihm stand niemand mehr als der liebe Gott.

Als die Spannung ihren Höhepunkt erreicht hatte und man meinte, die Luft knistern zu hören, äußerte Edgar Wallace in einem betont gleichmütigen Tonfall: »Im Großen und Ganzen ist der Fall gelöst.«

Samuel Wordsworth schrie begeistert: »Ja, ja!«, und klopfte mit der flachen Hand so stark auf den Tisch, dass die Kaffeetassen wie vor Freude einen Luftsprung vollführten.

Der Meister fuhr fort: »Lediglich einige Details müssen noch geklärt werden.«

Als Erstes verriet er den Trick mit der Stricknadel. Anschließend führte er ihn praktisch vor. Glücklicherweise war es Edgar Wallace in letzter Sekunde eingefallen, den Chefinspektor im Inneren der Schatzkammer zu postieren. Anderenfalls hätte der Schlosser einen weiteren Arbeitseinsatz zu absolvieren gehabt.

Es klappte wie am Schnürchen. Wie zu Hause ließ sich auch hier die Stricknadel problemlos unten an der Türschwelle nach draußen ziehen. David Osborne schloss von innen wieder auf. Als er hinaustrat, stand ihm vor Staunen der Mund immer noch offen. »Sapperlot, darauf wäre ich nie gekommen. So simpel und doch so wirkungsvoll. Den Trick werde ich sofort in meine Kartei aufnehmen. Aber wer ist der Täter?«

»Darauf kommen wir noch. Vorerst benötige ich ein Verzeichnis sämtlicher Angestellten mit Alter, Dienststellung und Eintrittjahr«, erwiderte Edgar Wallace.

»Sie wollen doch nicht ernsthaft behaupten, einer der Domestiken hätte mich beraubt? Es handelt sich um eine handverlesene Truppe. Für jeden einzelnen meiner Leute könnte ich die Hand ins Feuer legen«, meinte Samuel Wordsworth.

»In diesem Fall würden Sie große Schmerzen erleiden, Sir. Geben Sie mir einfach die Liste. Später sehen wir weiter.«

Der Bankier machte sich sogleich an die Arbeit. Sie war schnell erledigt, denn seine Zusammenstellung wies lediglich acht Namen auf:

- *Margaret Heany, 38 Jahre, Köchin, 1920*
- *Branwell Jones, 18 Jahre, Magd, 1927*
- *Timberlake Hughes, 27 Jahre, Gärtner, 1919*
- *Jonathan Johnson, 26 Jahre, Chauffeur, 1925*
- *Angela Ackroyd, 21 Jahre, Zimmermädchen, 1926*

- *Dorothy Lawrence, 19 Jahre, Zimmermädchen 1928*
- *Louise Lodge, 46 Jahre, Haushälterin, 1915*
- *Robert Gaskell, 63 Jahre, Butler, 1880*

»Was ist mit dem Kammerdiener?«, wollte Edgar Wallace wissen. »Sein Name fehlt.«

»Auf einen solchen Helfer konnte ich bislang glücklicherweise verzichten. In meinem Alter bin ich noch in der Lage dazu, mich selbst anzukleiden.«

»Soweit, so gut«, meinte der Meister. »Jetzt benötige ich einen Raum, in dem ich mich mit den einzelnen Personen ungestört unterhalten kann.«

»Ich würde bei den Gesprächen gerne dabei sein«, insistierte der Bankier. »Ich kenne alle meine Leute schon seit geraumer Zeit und wäre deshalb bestimmt eine große Hilfe.«

»Mit Verlaub gesagt: Das mag wohl so sein. Einerseits. Andererseits freilich pflegen die meisten Dienstboten im Angesicht ihrer Herrschaft eingeschüchtert zu sein und unter akuter Maulsperre zu leiden. Ich will deshalb auf Ihr freundliches Angebot erst dann zurückkommen, sofern es wirklich notwendig werden sollte.«

»Wie steht es mit mir? Soll ich gleichfalls den Raum verlassen?«, erkundigte sich der Chefinspektor.

»Keineswegs. Allerdings wollen Sie sich bitte im Hintergrund halten. Sie dürfen sich keinesfalls in die Unterhaltung einmischen, ganz egal, was gerade besprochen wird, und selbst dann nicht, wenn Sie eine offenkundige Lüge bemerken. Notieren Sie bitte Ihre Erkenntnisse auf einem Blatt Papier, aber schweigen Sie, bis der Proband den Raum verlassen hat. Sind diese Bedingungen für Sie akzeptabel?«

»Wenn Sie darauf bestehen, ja. Aber aus welchem Grund wollen wir diese höchst seltsame Verhörmethode anwenden? Leichte Schläge auf den Hinterkopf erhöhen das Denkvermögen, habe ich in meiner Polizeiausbildung gelernt.«

»Ich will es zunächst auf eine zuvorkommende, wenn nicht sogar freundschaftliche Art versuchen. Ich bemühe mich dabei, einen engen Kontakt zu dem Subjekt herzustellen und eine nähere Beziehung mit ihm aufzubauen. Sie werden sehen, aus den meisten Leuten bricht es dann hervor wie ein Wasserfall. Erst wenn diese Herangehensweise scheitern sollte, wählen wir die andere Option.«

»Und die wäre?«

»Dann spielen Sie den bösen Vater, und ich bin der gute Onkel. Feuer und Wasser, Sie verstehen? Im großen Krieg habe ich bei Verhören nach dieser Methode große Erfolge erzielt. So, und als Erstes möchte ich gerne mit dem Butler sprechen.«

»Das ist leider zurzeit nicht möglich. Robert Gaskell hat sich am Freitag nach seinem Dienstende beurlauben lassen.«

Edgar Wallace schnaubte ärgerlich. »Finden Sie nicht, dass dies ein höchst seltsamer Zufall ist? Weshalb erfahre ich erst jetzt davon? Welchen Grund hat er für seine Absence angegeben?«

»Der alte Robert ist seit Jahren Witwer. Vor einem Jahr kam seine einzige Tochter bei einem Unfall ums Leben, und das elfjährige Enkelkind, ein Mädchen namens Lucy, wurde zur Vollwaise. Robert hat die Kleine bei sich aufgenommen und kümmert sich seither rührend um sie. Am Freitagmorgen hat Lucy überraschend hohes Fieber bekommen und bedarf seitdem intensivster Pflege.«

»Um welche Krankheit handelt es sich?«

»Der Hausarzt tippt auf Mumps. Das ist eine bei Kleinkindern relativ harmlose Krankheit, die aber umso schwerer verläuft, je älter der Patient ist. Bei einem elfjährigen Mädchen besteht die ernst zu nehmende Gefahr, dass sich daraus eine Hirnhautentzündung oder eine vollständige Taubheit beider Ohren entwickelt. Mitunter kann Mumps auch zum Tode führen. Es gibt keine Medizin gegen die Erkrankung. Es kann lediglich versucht werden, das Fieber mit herkömmlichen Hausmitteln zu senken und mit der Gabe von Schmerz- und Beruhigungsmitteln die Leiden zu lindern.«

»Wohnt der Butler nicht hier im Haus?«

»Ihm steht zwar eine schmale Schlafkammer hier oben unter dem Dach zur Verfügung, darüber hinaus besitzt er aber eine eigene kleine Wohnung. Sie liegt nicht weit von uns entfernt in der Penham Road 13. Robert war schon bei meinen Eltern tätig. Er hat als Laufbursche angefangen und sich mit den Jahren zum Butler qualifiziert. Ich habe ihn quasi mit dem Haus, den Möbeln und der Bibliothek geerbt. Er ist treu wie Gold und deshalb fern ab von jedem Verdacht.«

»Dieser Meinung kann ich erst zustimmen, wenn ich mit ihm gesprochen und mir ein eigenes Urteil gebildet habe. Ich will ihn sogleich besuchen. Chefinspektor, begleiten Sie mich?«

»Selbstverständlich. Ich habe mir den ganzen Tag für diese Mission hier freigehalten.«

* * *

Die besten Jahre der Penham Road lagen schon lange
Zeit hinter ihr, sofern es sie überhaupt jemals gegeben
haben sollte. Die schmalen, zwei- bis dreistöckigen
Häuser waren aus billigen Materialien und ohne jeglichen architektonischen Aufwand errichtet worden
und wirkten inzwischen sichtlich altersmüde. Der Putz
bröckelte von den Wänden, und viele Fenster waren
blind. Auf dem Gehweg lagen zerborstene Dachziegel,
die der letzte Herbststurm heruntergeweht hatte. Niemand machte sich mehr die Mühe, die Schäden zu
beseitigen. Die Abrissbirne würde nicht mehr lange auf
sich warten lassen.

Die Wohnung von Robert Gaskell befand sich in der
dritten Etage. Es gab keinen Lift. Aber Edgar Wallace,
immer noch voller guter Vorsätze, hätte ohnehin auf
ihn verzichtet.

Der Chefinspektor pochte an die lindgrün gestrichene Korridortür. Eine Weile lang geschah gar nichts,
dann näherten sich schwere Schritte von innen. Der
Deckel vom Spion wurde zur Seite geschoben. Schließlich öffnete sich die Tür. Robert Gaskell mit seinen
schütteren, weißen Haaren und der fahlen Gesichtsfar-
be wirkte wie ein Greis. Er war unrasiert und – für
einen Butler völlig unpassend – lediglich mit einem
langärmeligen, weißen Unterhemd und einer an den
Knien ausgebeulten, dunklen Hose bekleidet. Seine
Füße steckten in ausgetretenen Schlappen.

Der alte Mann ließ den Blick aus seinen trüben, hell-
blauen Augen erst von Edgar Wallace und dann weiter

zum Chefinspektor schweifen. Er wartete keine Vorstellung ab, sondern kam gleich zur Sache: »Treten Sie bitte ein, meine Herrschaften. Ich habe Sie bereits erwartet. Ich werde ein volles Geständnis ablegen.«

Die Wohnung war winzig klein, penibel sauber und – soweit sich auf den ersten Blick sehen ließ – äußerst bescheiden möbliert. Edgar Wallace schluckte. Wenn das der Lohn für ein langes Arbeitsleben sein sollte, dann hatte Robert Gaskell den völlig falschen Beruf ergriffen.

Der Butler führte seine Besucher in die Küche, die gerade genug Platz für die drei Männer bot. Es gab einen elfenbeinfarbenen Tisch mit grüner Linoleumplatte, eine rote Bank, zwei braune Stühle mit durchgesessenem Flechtwerk, ein Schränkchen aus rohem Fichtenholz, einen Gaskocher und einen gusseisernen Abfluss. An der Wand hing eine Fotografie von einer jungen Frau, die in die Kamera lächelte. Schräg über den Bilderrahmen verlief ein Trauerflor.

Edgar Wallace fühlte sich sofort an seine Kindheit in der windschiefen Kate am Deptford Creek bei seinen Zieheltern erinnert. Dort hatte es ähnlich nach Schimmel, Moder und Armut gerochen.

Der Butler begann mit zittriger Stimme zu sprechen: »Ich bereue meine Tat zutiefst. Es schmerzt mich sehr, dass ich meiner Herrschaft, der ich viel Gutes verdanke, so großen Schaden zugefügt und ihr Vertrauen in mich derart fundamental enttäuscht habe. Aber mir blieb keine andere Wahl.«

Der Meister nickte mitfühlend. »Am besten wird es sein, Sie berichten der Reihe nach. Es geht um Ihre Enkeltochter, nicht wahr?«

»In der Tat, so ist es. Ihren Vater hat sie nicht kennen gelernt. Er ist in den letzten Tagen des großen Krieges gefallen. Am 15. September 1928 wurde meine Tochter von einem betrunkenen Autofahrer getötet. Ich bin Lucys letzter lebender Verwandter in England. Ich wollte so lange für sie sorgen, wie es mir möglich sein würde. Mein ganzes Geld habe ich für eine Überfahrt nach Australien gespart. Dort lebt noch eine Cousine von mir, die sich um meine Enkelin kümmern kann, wenn ich nicht mehr zur Verfügung stehe. Lucy ist ein wahrer Engel. Sie hat ein besseres Leben verdient als jenes, welches ihr bislang zuteilwurde.«

»In diesem Punkt werden Sie von uns keinen Widerspruch hören. Doch nun kommen Sie bitte zur Sache. Weshalb haben Sie die goldene Statue entwendet? Um sich ebenfalls ein Schiffsticket leisten zu können?«

»Nein, Sie verstehen nicht ... Das eine hat mit dem anderen nicht das Geringste zu tun.«

»Dann erklären Sie uns bitte, was Sie meinen«, setzte Edgar Wallace in aller Gemütsruhe nach.

Robert Gaskill räusperte sich. Er suchte offensichtlich nach den passenden Worten. Dann begann er zu berichten: »Die Geschichte, die ich Ihnen jetzt erzähle, klingt absolut unglaubwürdig, aber sie ist wahr. Als ich mich am späten Donnerstag der vorigen Woche auf dem Nachhauseweg befand, sprach mich vor meinem Haus ein fremder Herr an, der offensichtlich dort auf mich gewartet hatte. Ich kannte ihn nicht. Ich war ihm nie zuvor begegnet. Der Mann kam gleich zur Sache. Er verlangte von mir, die goldene Statue zu stehlen, von deren Existenz ich zwar wusste, die ich jedoch noch nie zuvor gesehen hatte. Als ich mich entrüstet abwenden wollte, drohte er mir, meine Enkeltochter zu vergiften. Ich stieß ihn panisch zur Seite und flüchtete mich ins Haus. Ich glaubte, der Fremde wäre einer von jenen Verrückten gewesen, die sich einen Spaß daraus machen, den Leuten Lügengeschichten zu erzählen, um sie auf diese Weise in Angst und Schrecken zu versetzen. Aber es war nicht an dem. Am Freitag früh bekam Lucy hohes Fieber. Der Arzt meinte, es wäre Mumps. Dagegen ist noch kein Kraut gewachsen. Weil ich zum Dienst musste, bat ich meine Nachbarin, regelmäßig nach meiner Enkelin zu sehen und ihr feuchte Umschläge zu machen. Aber ich hegte noch keinerlei Argwohn.«

»Das ist eine äußerst rührende Geschichte. Aber was hat sie mit dem Diebstahl zu tun?«, unterbrach ihn rüde der Chefinspektor, dem offensichtlich sein Schweigegelübde entfallen war.

Edgar Wallace versetzte ihm einen leichten Tritt gegen das Schienenbein.

Der Butler fuhr fort: »Kurz vor der Gloucester Road passte mich dieser fremde Mann ab. Ich erkannte ihn an seiner Stimme. Sie besitzt einen leicht näselnden Unterton. Er wusste von der Krankheit meiner Enkelin und meinte, Mumps sei die völlig falsche Diagnose. In Wirklichkeit handele es sich um einen tropischen Krankheitserreger, der ohne entsprechende Behandlung unweigerlich zum Tode führe. Er selbst habe das Kind damit infiziert. Dann zeigte mir der Mann eine Ampulle mit einer gelblichen Flüssigkeit. Darin sei das Gegengift enthalten. Ich könnte die Ampulle gern gegen die goldene Statue eintauschen, sofern mir am Leben meiner Enkelin etwas gelegen sei.«

»Und das haben Sie diesem Burschen geglaubt?«, fragte Edgar Wallace.

»Anfangs nicht. Ich hielt es immer noch für Phantasterei. Dann aber kam der Mann auf das Haus Wordsworth zu sprechen. Er wusste bestens über sämtliche Tagesabläufe Bescheid, und zwar so, als ob er dort häufig ein- und ausgehen würde. In diesem Moment erkannte ich den Ernst der Lage und knickte ein. Daraufhin gab mir der Fremde detaillierte Anweisungen, wie ich im Einzelnen verfahren sollte. Mit blieb keine andere Wahl. Ich konnte das Leben meiner Enkeltochter nicht aufs Spiel setzen.«

»Wie ging es dann weiter?«

»Ich habe sämtliche Anordnungen peinlich genau befolgt, also die Alarmanlage ausgeschaltet, die Scharniere und das Schloss geölt, die Schatzkammer aufgeschlossen, den Safe geöffnet und die Statue an mich genommen.«

»Woher kannten Sie das Versteck des Schlüssels und die Geheimzahl des Tresors?«, wollte der Meister wissen.

»Ich bin seit fast fünfzig Jahren für die Familie Wordsworth tätig. Nach so langer Zeit gibt es für einen Butler keine Familiengeheimnisse mehr.«

»Wie haben Sie die Tür von innen verriegelt? Mit einer Stricknadel an einem Zwirnsfaden?«

»Sie kennen also das Prinzip ... Nein, ich habe entsprechend meiner Unterweisungen einen eingekerbten Bleistift und einen Bindfaden verwendet. Der Türspalt ist breit genug.«

»Welchem Zweck diente dieses Manöver?«

»Mein Herr leidet unter Schlaflosigkeit und ist unberechenbar. Manchmal steht er mitten in Nacht auf, öffnet den Tresor und erfreut sich an seinen Schätzen. Es musste also auf jeden Fall verhindert werden, dass der Diebstahl der Statue zu früh bemerkt werden konnte.«

Edgar Wallace hakte nach: »Weshalb haben Sie nur die Statue an sich genommen und nicht auch noch den Beutel mit den Golddoublonen?«

»Dazu hatte ich keinen Auftrag.«

»Das mag schon sein. Aber Sie hätten ihn doch aus freien Stücken mitgehen lassen können. Dann wären Sie reich gewesen. Oder war es Ihnen untersagt worden, auch in die eigene Tasche zu wirtschaften?«

Der Butler schüttelte sich, als ob er mit kaltem Wasser übergossen worden wäre. »Unrecht Gut gedeihet nicht«, murmelte er.

»Sei es drum. Wie ging es weiter? Wann und wo fand die Übergabe statt?«

»Ich hatte einen Schlüssel für ein Gepäckfach in der Waterloo Station ausgehändigt bekommen. Dort fuhr ich hin, öffnete es, nahm die darin liegende Ampulle an mich und verstaute die Statue. Den Schlüssel befestigte ich mit einem Pflaster unter der Bank neben den Schließfächern. Zu Hause gab ich meiner Enkelin das Gegengift. Es schlug sofort an. Das Fieber fiel merklich, und inzwischen ist das Kind über den Berg.«

»Nun gut, wollen wir es dabei belassen«, mischte sich wieder der ungeduldig gewordene Chefinspektor ein. »Beschreiben Sie nun bitte den Mann. Sie sind ihm zweimal begegnet. Wie hat er ausgesehen?«

»Diese Frage kann ich leider nur äußerst unzureichend beantworten. Mein Augenlicht ist mit zunehmendem Alter immer schlechter geworden. Ohne Brille kann ich kaum mehr als Schemen erkennen. Und auf der Straße trage ich in der Regel keine Augengläser. Ich weiß deshalb nur so viel zu sagen: Der Fremde war gut, aber schlicht gekleidet, also wie ein Gentleman. Er trug einen breitkrempigen, dunklen Hut, der seine Augen verdeckte. Der Mann war von mittlerem Alter, ziemlich groß und in allem völlig unauffällig. Ich könnte ihn bestenfalls an seiner Stimme wiedererkennen.«

»Lassen wir es vorerst dabei bewenden«, beendete Edgar Wallace das Gespräch. »Bevor wir gehen, wollen wir aber noch einen Blick auf Ihre Enkeltochter werfen.«

»Haben Sie meinen Worten etwa keinen Glauben geschenkt?«

»Vorsicht ist die Mutter der Porzellankiste.«

»Was wird nun mit mir werden? Muss ich sofort ins Gefängnis, oder kann ich zuvor noch meine persönlichen Angelegenheiten regeln?«

»Das haben wir nicht zu entscheiden, sondern einzig und allein Ihre Herrschaft. Es obliegt ausschließlich Mister Wordsworth, gegen Sie Anzeige zu erstatten. Ich weiß beim besten Willen nicht, wie er sich entscheiden wird. Doch selbst wenn es nicht zu einer Anklage kommen sollte, sind Sie sicherlich Ihre Anstellung los. Davon sollten Sie in jedem Fall ausgehen«, antwortete ihm David Osborne.

* * *

Edgar Wallace hetzte anschließend von einem Termin zum nächsten. Abends vor dem Kamin erzählte er Violet die gesamte Geschichte. Abschließend bemerkte er resignierend: »Der Fall ist zwar gelöst, aber niemand hat etwas davon. Wir verfolgen ein gesichts- und namenlosen Phantom. Der goldene Zwerg ist für immer und ewig verloren.«

»Erzähle doch bitte nicht solchen Unsinn, Butterherzchen. Die Jagd hat gerade erst begonnen. Wir besitzen jede Menge Anhaltspunkte, die uns auf direktem Weg zu dem Mann im Hintergrund führen werden.«

»Jim, ich verstehe dich beim besten Willen nicht. Von welchen Hinweisen sprichst du?«

»Mein Goldschatz, was hat dir der Butler erzählt? Er meinte, dass der mysteriöse Mister über sämtliche Gepflogenheiten im Hause Wordsworth bestens Bescheid wusste, und zwar so detailliert, als ob er täglich dort ein- und ausginge.«

»Ja und?«

»Bussibärchen, das bedeutet, dass es dort einen Spion geben muss. Und zwar jemanden, der die örtlichen Gegebenheiten kennt, aber weder in der Lage dazu ist, die Alarmanlage auszuschalten, noch die Tür von der Schatzkammer aufzusperren, geschweige denn, den Tresor zu öffnen.«

»Wer sollte das denn sein?«

Violet stöhnte über so viel Begriffsstutzigkeit. »Ach, meine Zuckerschnute, wirf doch bitte einen Blick auf die Liste des Personals. Welcher Name springt dir sofort ins Auge?«

»Keiner«, antwortete Edgar Wallace im Brustton der Überzeugung.

»Also ich an deiner Stelle würde mir morgen zuerst Dorothy Lawrence vorknöpfen. Ich wette mit dir, dass sie verheulte Augen hat, weil sie von ihrem Schatz sitzen gelassen wurde.«

»Hah, genau, das liegt auf der Hand. Dorothy Lawrence ist noch blutjung und erst seit Kurzem als Zimmermädchen angestellt worden. Sie könnte in der Tat das trojanische Pferd sein, welches der große Unbekannte benutzt hat, um das Innere des Hauses auszukundschaften.«

»Und noch etwas, mein Teddybär. Du musst den Bankier über die Bedeutung der goldenen Statue ausfragen. Außerdem soll er dir sagen, wer alles von ihrer Existenz wusste. Markiere die Wohnorte der Personen auf einem Stadtplan und verbinde die einzelnen Punkte mit Linien. Auf diese Weise entsteht ein Raster. Es wird uns am Ende zu dem großen Unbekannten führen, verlass dich darauf.«

Violet trank ihr Glas aus, zog den Gürtel von ihrem Negligé straff und drückte ihrem Gatten einen Gute-Nacht-Kuss auf die Stirn. Edgar Wallace blieb noch für eine Weile im Ledersessel sitzen und schaute in die schwächer werdenden Flammen. Dann stand er auf. Er ging nicht auf direktem Weg ins Badezimmer, sondern machte zuvor noch einen Abstecher in die Küche. Er hatte sich an diesem ereignisreichen Tag, so fand er jedenfalls, einen kleinen Imbiss zur Nacht rechtschaffen verdient.

7. Kapitel

»Er hatte einen ganzen Stab von Korrespondenten,
die sich aus Kammerdienern und Zofen zusammensetzten.
Diese Leute schickten ihm Mitteilungen,
die er zu Erpressungen benützte. Familienskandale,
indiskrete Briefe, die die Adressaten herumliegen
ließen und die in Dienstbotenhände fielen,
brachten ihm ein schönes Einkommen.«

Edgar Wallace, *Der jüngste Tag*

Geier, Maiskolben, Eidechse & Fisch

London, 29.10.1929

Morgens beim Frühstück ließ sich Edgar Wallace noch einige Scheiben gebratenen Speck aus der Küche bringen. Auf die Dauer schmeckten die Spiegeleier ohne eine gehörige Portion Bacon doch zu fade. Aber bei den übrigen Bestandteilen eines traditionellen englischen Frühstücks blieb der Meister eisern. Er verzichtete auf alles, was früher sonst noch seinen Gaumen gekitzelt und gute Laune bei ihm verursacht hatte.

Seine Gattin hingegen brauchte sich nicht einzuschränken. Sie aß schon immer wie ein Vögelchen. Violet hockte im Schneidersitz auf ihrem Stuhl und löffelte eine Grapefruit aus. »Hör zu, mein Knuddelwuddel«, sagte sie. »Ich bin das ewige Hin und Her zwischen Stadt und Land inzwischen leid. Mittlerweile verbringe ich mehr Zeit damit, meine Kleider in den Koffer zu packen, als sie tatsächlich zu tragen. Auch den Kindern gefällt es in Bourne End besser als in London. Hier draußen können sie nach Herzenslust toben. Ich schlage deshalb vor, dass wir auf Dauer in *Chalklands* sesshaft werden. Die Wohnung am Portland Place wollen wir trotzdem nicht aufgeben. Du kannst sie benutzen, wenn es wieder einmal sehr spät geworden ist oder du deine Ruhe haben willst. Allerdings musst du mir versprechen, vorher mit mir zu telefonieren, damit ich mir keine unnötigen Sorgen machen muss.«

Edgar Wallace befand sich in einer Zwickmühle. Einerseits war er der Bestimmer im Haus und hielt das Heft fest in der Hand. Dazu kam, dass er die Stadtwohnung wegen ihrer vielen Annehmlichkeiten liebte. Es gab dort einen Lift, und ein gutes Restaurant befand sich gleich um die Ecke. Andererseits hingegen wollte er in Bourne End demnächst sein Köperertüchtigungsprogramm starten. Es aufzugeben, wäre ein Verrat an den eigenen Idealen gewesen. Also stimmte er Violets Anempfehlung zu: »Wenn es dir und den Kindern hier draußen besser gefällt, dann wollen wir es so machen, wie du es vorgeschlagen hast. Allerdings müssen die kleinen Racker dann einen weiteren Schulweg in Kauf nehmen.«

* * *

Um zehn Uhr traf sich die traute Dreier-Runde im Hause von Samuel Wordsworth zu einer neuerlichen Zusammenkunft. Zunächst erstattete der Chefinspektor einen ausführlichen Bericht über das Geständnis des Butlers und schilderte die sich daraus ergebenden Konsequenzen.

Der Bankier wirkte sichtlich erschüttert. »Ich weiß noch nicht, wie ich reagieren soll. Ich muss in aller

Ruhe darüber nachdenken. Ich bin von einem simplen Einbruch ausgegangen. Und nun scheint es sich um eine Intrige von biblischem Ausmaß zu handeln.«

»Mein Vorschlag lautet«, meinte Edgar Wallace, »dass Sie erst ganz am Ende, wenn wirklich alle Fakten auf dem Tisch liegen, eine grundsätzliche Entscheidung treffen. Dann erst wissen wir nämlich ganz genau, wie groß der Zwang war, den der große Unbekannte auf Robert Gaskell ausgeübt hat. Doch vorher müssen wir uns einem ganz anderen, nicht weniger unangenehmen Thema zuwenden.«

»Und das wäre?«, wollte Samuel Wordsworth wissen.

»Mein Honorar. Ich beschäftige mich inzwischen den dritten Tag in Folge mit dieser ausufernden Sache. Mein Stundenkonto ist in dieser Zeit beträchtlich angewachsen. Darüber hinaus musste ich andere wichtige Projekte vernachlässigen und konnte daher keinerlei Einnahmen erzielen.«

»Mister Wallace, machen Sie sich keine Sorgen. Wie ich Ihnen bereits zu Beginn unserer Unterredung am Sonntag versichert hatte, wird die Krone für alle Ihre Auslagen aufkommen«, versprach der Chefinspektor mit warmen Worten. »An welchen Betrag hatten Sie denn gedacht?«

Der Meister sprach drei Worte gelassen aus: »Eintausend Pfund Sterling.« Das war hoch gepokert, denn sein Jahresgehalt als Aufsichtsratsvorsitzender der *British Lion Filmgesellschaft* lag bei fünfhundert Pfund Sterling.

Der Chefinspektor fiel auf seinen Stuhl zurück und wurde leichenblass. Auf seiner Stirn begann kalter

Schweiß zu glänzen. Er hüstelte: »Ähm, nun ja, da haben wir uns wohl gründlich missverstanden. Ich dachte an hundert Pfund maximal. Mehr würde mein Budget auch gar nicht hergeben.«

Damit war der *Schwarze Peter* beim Bankier gelandet. Samuel Wordsworth schwieg eine Weile bedrückt, dann äußerte er missmutig wie die meisten reichen Männer, wenn es an ihr Geld geht: »Wer A sagt, muss wohl auch B sagen. Ich hatte vor, einen Finderlohn in Höhe des soeben geforderten Betrages auszusetzen. Aber was soll's? Ich will kein Spielverderber sein. Ich verdoppele die Summe. Sie sollen Ihren Vorschuss bekommen.«

»Dann ist ja alles in Butter.« Edgar Wallace rieb sich die Hände. »Ich will jetzt die Befragung fortsetzen. Als Nächstes kommt das Zimmermädchen Dorothy Lawrence an die Reihe. Und Sie, hochverehrter Herr Chefinspektor, halten sich bitte heute zurück und vermeiden alle Zwischenfragen.«

»Ich will mein Bestes versuchen«, lautete die mürrische Antwort. Der Chefinspektor stand ganz offensichtlich immer noch unter Schock in Anbetracht der Honorardebatte.

Der Bankier entfernte sich und ließ das Dienstmädchen in den Rauchsalon rufen. Kurz darauf trat Dorothy Lawrence ein. Sie war mittelgroß, vollbusig und blond gelockt. Edgar Wallace missfiel ihr äußeres Erscheinungsbild auf den ersten Blick. Obwohl er bislang kein einziges Wort mit Dorothy Lawrence gesprochen hatte, erkannte er an ihrem herausfordernden Blick, dass sie an maßloser Selbstüberschätzung litt.

Aber Jim hatte sich in einem Punkt geirrt: Die Augen des Dienstmädchens waren nicht vom Weinen gerötet, sondern sie glänzten vor heimlicher Freude.

»Bitte nehmen Sie Platz, mein liebes Kind«, sagte der Meister betont freundlich. »Der weißhaarige Gentleman neben mir ist Chefinspektor Osborne von Scotland Yard. Mein Name lautet Wallace. Ich wurde als beratender Detektiv hinzugezogen, um jenen Einbruch aufzuklären, der sich unlängst hier in diesem Hause zugetragen hat. Ich nehme an, Sie sind im Bilde?«

Das Dienstmädchen nickte folgsam.

»Wir befragen nun das gesamte Personal. Mit dem Butler haben wir begonnen, nun sind Sie an der Reihe. Sie gehören nicht zum Kreis der Verdächtigen. Sie können also unbesorgt sein und sich völlig freimütig äußern. Erzählen Sie uns bitte alles, was Ihnen wichtig erscheint. Falls Sie zwischendurch Ihre Kehle anfeuchten wollen, bedienen Sie sich bitte an dem Wasserkrug dort vor Ihnen auf dem Tisch.«

»Ick weeß von jar nüscht. Ick hab nüschte jehört und schon janüschte jesehen«, platzte es aus Dorothy Lawrence heraus. Ihre tiefe, männliche Stimme ähnelte einem Reibeisen und hätte besser zu einer doppelt so großen und breiten Person gepasst.

Edgar Wallace lächelte nachsichtig: »Ob es tatsächlich an dem ist, wollen wir ja herausfinden. Aber keine Angst. Wie schon gesagt: Sie haben nichts zu befürchten.«

»Wovor sollte icke denn Angst ham? Icke bin ne ehrliche Haut und treu wie Jold«, kam die patzige Antwort zurück.

»Das hören wir gerne. Aber nun der Reihe nach. Wann haben Sie Ihre Stellung im Hause Wordsworth angetreten?«

»Det is in etwa vor een Jahr jewesen. Ick jloobe et war Ende September 1928. Det jenaue Datum is ma entfallen. Aba ick kann jerne in meine Papiere linsen, falls dette wichtich sein sollte.«

Der Meister schüttelte den Kopf. »Die Angabe Ende September genügt mir für den Anfang.«

Der Chefinspektor gähnte und begann geistesabwesend in seinem Notizbuch zu blättern. Dorothy Lawrence verzog ihre Mundwinkel zu einem spöttischen Lächeln.

»Gefällt Ihnen Ihre Arbeit?«

»Se is uff jeden Fall bessa als die Kleje von meine Schwester, die in die Textilfabrik *Ridgewell & Sons* schuften tut. Alladings könnte der Lohn etwas bessa sin. Ick muss noch meine Familie untastützen, und so reicht det Jeld jrade für det Allernötigste.«

»Betrachten Sie Ihre derzeitige Tätigkeit als eine Lebensstellung?«

»Wat is denn dat für ne blödsinnige Antippe?«, plusterte sich Dorothy Lawrence auf. »Ick denke, et jeht hier um een Bruch. Ick bin det nich jewesen, dette kann ick Ihnen vasichern tun. Un jesehn hab ick och nüscht, wie schon jesacht. Det nachtens lieje ick nämlich in meine Bette un penne, weil ick frühmorjens uffstehn muss. Nur so feine Pinkel wie Sie könn die Nacht zum Tage machen.«

»Ich stelle hier die Fragen, und Sie besitzen die Freundlichkeit, darauf zu antworten. Wenn Ihnen die

Umgebung nicht gefällt, können wir unsere Unterhaltung gerne bei Scotland Yard fortsetzen«, erwiderte Edgar Wallace in einem etwas schärferen Tonfall.

Der Chefinspektor schreckte aus seinem Halbschlaf hoch.

»Is ja jut, Mann, hab ick kapiert. Se wolln also wissen, ob ick die Wirtschafterin wern will. Nee, möchte ick nich. Ick bin bald meine eijene Herrin. Dann tu ick die Befehle jeben, un die anderen müssen springen.« Dabei nestelte das Zimmermädchen unbewusst an seiner Schürze herum.

»Das Personal darf während der Arbeit keinen Schmuck tragen, stimmt das?«

»Janz jenau.«

»Deshalb haben Sie Ihren Verlobungsring in die Schürzentasche gesteckt, um ihn immer bei sich zu haben«, meinte der Meister. Es war mehr eine Feststellung als eine Frage.

Das Zimmermädchen sprang auf, wie von der Tarantel gestochen. »Det hat Ihnen der Teufel verraten!«

Edgar Wallace blieb ungerührt. »Wie heißt der Glückliche? Seit wann kennen Sie ihn? Was ist er von Beruf? Wo wohnt er?«

»Er heeßt Henry Arthur Milton.«

Nun zuckte der Meister zusammen und war einen Moment lang sprachlos, was bei ihm äußerst selten vorkam. Henry Arthur Milton hatte er nämlich seine berühmteste Romanfigur getauft, die unter dem Namen »Der Hexer« bekannt geworden war. Doch gleich darauf fing sich Edgar Wallace wieder. »Nicht so schüchtern, weiter im Text. Alter, Beruf, Wohnort?«

»Icke zähle 19 Lenze.«

»Nein, das Alter Ihres Galans.«

»Die jenauen Jahre kenn ick nich. Er is aba schon een bisgen alt. Nich janz son oller Knacker wie Sie, eher so schätzungsweise Mitte vierzich. Aba er hat Kohle ohne Ende, det macht det kleene Manko wieda wett. Von Beruf is er Jentleman. Er jeht also nich arbeeten, sondern lebt vom Durchjebrachten un von seinem Aktienkapital. Wo er wohnt, kann ick Ihnen nich saren. Er is nämlich vaheiratet und sein Frau soll ne eifasüchtige Hexe sein. Ick tu ihr nich kennen, und leje och kein Wert druffen. Aba er hat schon die Scheidung einjereicht. Sobald die durch is, tut er seine Alte uff die Straße setzen, un denne wird jeheiratet. De Hochzeitsreise jeht nach Paris. Is ne Stadt in Frankreich. Da wollt ick imma schon ma hin.«

»Wann und wo haben Sie ihn kennengelernt? Wie nehmen Sie Kontakt zu ihm auf, wenn Sie seine Anschrift nicht kennen?«

»Kennenjelernt hab ick ihn vor een paar Wochen in sonn Jartenlokal. Det heeßt *Harvesthome*. Samstags hab ick imma Ausjang von nachmittags bis elf Uhr abends. Pünktlich um dreie wartet meen Liebsta imma an die nächste Eckk uff mir mit seine Karre.«

»Welches Fabrikat?«

»Keene Ahnung nich. Jroß isse, schwarz isse un vier Türen hat se.«

»Haben Sie eine Fotografie von ihm?«

»Von det Automobil?«

»Nein, von Ihrem Verlobten.«

»Nee, noch nich. Hat er mir aba fest vasprochen.«

»Einen Liebesbrief?«

»Nee, och nich. Nur den Valobungsring.«

»Zeigen Sie bitte mal her.« Edgar Wallace nahm das Schmuckstück näher in Augenschein. Der Ring war äußerst schlicht gehalten. In seiner Fassung glitzerte ein winziger Diamantsplitter. Doch was war das? Der Meister zog die Taschenlupe aus seiner Westentasche und betrachtete die Innenseite. Sie wies an der einen Stelle tiefe Riefen auf. Der edle Spender hatte sich offensichtlich die Mühe gemacht, den Stempel des Goldschmieds abzufeilen.

Edgar Wallace gab den Ring zurück. »Wie groß ist Ihr Geliebter? Welche Haar- und Augenfarbe hat er? Wie viel wiegt er in etwa? Hat er besondere Kennzeichen wie einen Bart oder eine Narbe?«

»Ick bin een anständiges Meechen«, fauchte Dorothy Lawrence. »Ick lass keenen nich an meene Wäsche ran, bevor ick nich vor dem Traualtar jestanden habe. Deshalb weeß ick och nüscht von irjendwelche Narben. In die Fresse hat er jedenfalls keene. Un och keen Bart nich. Die Haare sin braun, die Ogen och. Mein Valobter is nen Kopp jrößa als icke det bin. Wat er wiejen tut, weeß ick och nich. Er is auf keenen Fall soon Fettsack, wie Sie det sin, mit Valaub jesacht.«

Edgar Wallace ließ sich nicht aus der Ruhe bringen. »Das Bett haben Sie mit Ihrem Galan also noch nicht geteilt, sehr schön. Es freut mich von ganzem Herzen, dass Sie sich nicht an dem inzwischen üblichen Sittenverfall beteiligen. Wie aber haben Sie Ihre gemeinsamen Stunden verbracht?«

»Mein Valobta hatte imma een prall jefüllten Picknickkorb dabei. Nur richtich jute Sachen, sojar Wein-

trauben und solch Zeugs. Wir sin an een ruhijes Plätz-
chen jefahren. Dort wurde ausjiebig jeschmaust.
Anschließend haben wir jequatscht und Zukunftspläne
jeschmiedet.«

»Worüber wurde geredet? Über Ihre Arbeit?«

»Jenau. Henry is so süß. Er wollt imma allet janz jenau
wissen. Ick musste ihm ne Menge erzählen: Wann ick
wat machen tue, wie die anderen Dienstboten heeßen,
un allet soone Sachen. Stelln Se sich dette ma vor. Der
wollt mir nich an die Wäsche, sondern hat sich ehrlich
für mir und meene Probleme intaressiert.«

Edgar Wallace wandte sich an den Chefinspektor:
»Ich schlage vor, Sie fahren mit dem Dienstmädchen zu
Scotland Yard und legen ihm das Verbrecheralbum
vor. Dorothy soll all diejenigen Schurken heraussu-
chen, die ihrem Verlobten ähnlich sehen. Außerdem
kann sie versuchen, das Automobil zu identifizieren.
So viele verschiedene Modelle von großen schwarzen
Limousinen mit vier Türen kann es nicht geben. Ich
bleibe noch ein Weilchen hier und unterhalte mich mit
dem Bankier. Sobald das Gespräch beendet ist, komme
ich nach.«

»Ist in Ordnung. Sie finden mein Büro in der zweiten
Etage. Es hat die Nummer 24-15.«

* * *

Der Bankier wirkte nach diesen Neuigkeiten reichlich
mitgenommen. »Wissen Sie, je tiefer die Abgründe
werden, in die ich schaue, umso größer wird meine
Verzweiflung. Ich habe doch ehrlich geglaubt, zu

Hause sei ich sicher. *My home is my castle.* Und nun stellt sich heraus, dass ich von Dieben und Spionen umgeben bin. Wem kann ich da noch trauen?«

»Na, na, mein lieber Mister Wordsworth, nun wollen wir das Kind mal nicht gleich mit dem Bade ausschütten. Nichts wird so heiß gegessen, wie es gekocht wird. Apropos kochen, wie wäre es mit einem kleinen Imbiss? Es geht inzwischen ganz stramm auf zwölf Uhr, und in meinem Bauch beginnt es spürbar zu rumoren.«

»Entschuldigen Sie bitte meine Nachlässigkeit. In der Tat ist es längst Zeit für den Lunch geworden. Der Ärger ist mir auf den Magen geschlagen. Ich lasse Ihnen gleich eine Kleinigkeit servieren.«

Die Kleinigkeit bestand aus dicken Bohnen mit Hammelfleisch als Vorspeise, sechs Wachteln auf Bordelaiser Art nebst Mandelkroketten als Hauptgang und einer Biskuitroulade mit Himbeersahne zum Nachtisch. Edgar Wallace hätte es als unhöflich empfunden, etwas davon zurückzuweisen, und putzte deshalb einen Teller nach dem anderen leer.

Gegen die gleich darauf einsetzende Müdigkeit halfen reichlich schwarzer Kaffee und einige Zigaretten. Eine Weile saßen sich die beiden Herren schweigend gegenüber. Dann fragte Edgar Wallace den Bankier: »Mein lieber Wordsworth, was ist denn das Besondere an diesem goldenen Zwerg?«

»Das wird eine längere Geschichte werden.«

»Kein Problem, ich bin ganz Ohr.«

»Aber Sie kennen sich doch selbst mit den Azteken, Inka und Maya bestens aus. Ich habe Sie doch gerufen, weil Sie ein Fachmann auf diesem Gebiet sind.«

»Eben darum möchte ich es aus Ihrem Munde hören. Anschließend werde ich Ihnen schon noch meine Meinung dazu sagen. Erzählen Sie bitte alles von Anfang an.«

»Ganz wie Sie wünschen«, erwiderte der Bankier. »Das Volk der Maya lebte seit Tausenden von Jahren in Mittelamerika. Im Laufe der Zeiten entwickelte es sich zu einer Hochkultur. Im 8. Jahrhundert, als in Europa noch das finsterste Mittelalter herrschte, erreichten die Maya ihre Blütezeit. Unter ihnen waren hochbegabte Mathematiker und talentierte Astronomen, deren Wissensstand teilweise bis heute nicht wieder erreicht wurde. Die Maya brachten anspruchsvolle künstlerische Leistungen hervor, besaßen eine eigene Schriftsprache und drei unterschiedliche Kalendersysteme. Darüber hinaus gelang es ihnen, aus dem Wildgras Teosinte die kultivierte Ackerpflanze Mais zu züchten. Dadurch waren die Maya lange Zeit in der Lage, die stetig wachsende Bevölkerung zu ernähren, Vorräte anzulegen und schwunghaften Handel zu treiben.«

Edgar Wallace drohte einzuschlafen. Schnell zündete er sich eine neue Zigarette an und behauptete wider besseres Wissen: »Nur zu. Reden Sie weiter. Ich bin ganz Ohr.«

»Die meisten Maya wohnten in Dörfern unter recht primitiven Bedingungen. Viele Menschen siedelten sich aber auch in Städten an. Mit bis zu 20.000 Einwohner waren diese viel größer als die europäischen Metropolen jener Zeit. Das Lebensniveau dort gestaltete sich ebenfalls unvergleichlich besser. Es gab Schwimmbäder, fließendes warmes und kaltes Wasser, annehmbare hygienische Bedingungen sowie eine gute ärztliche Versorgung.«

»Wie groß war das Land der Maya?«

»Die Fürstentümer und Königreiche erstreckten sich über eine gewaltige Fläche. Sie umfasste 350.000 Quadratkilometer, die von einem gut ausgebauten Straßennetz durchzogen war und sich über die heutigen Staaten Mexiko, British Honduras, Guatemala, Honduras und El Salvador verteilte.

»Und dabei gab es damals weder Automobile noch Dampflokomotiven«, wunderte sich der Meister.

»Genau«, setzte Samuel Wordsworth fort. »Alle Wegstrecken mussten zu Fuß zurückgelegt werden. Als Transporttiere dienten lediglich Lamas. Eines der Kalendersysteme der Maya nannte sich ›Die lange Zählung‹. Es diente der Geschichtsbetrachtung und der Voraussage zukünftiger Ereignisse. Laut diesem Kalender hatte die Maya-Kultur am 13. August 3.114 vor der Zeitenwende ihren Ursprung genommen. Am 23. Dezember 2012 soll dann eine neue Schöpfungsdekade beginnen.«

»Bis dahin vergeht glücklicherweise noch ein wenig Zeit.«

»Genau. Doch die Maya erlitten nach dem 8. Jahrhundert dasselbe Schicksal wie bislang alle Hochkulturen in der Geschichte der Menschheit: Sie überschritten ihren Zenit und gingen unter.«

»Weshalb?«

»Es gab ein ganzes Bündel von Ursachen, wie zum Beispiel ein verkrustetes Kastensystem mit wachsender sozialer Ungleichheit als Folge, Angriffe von feindlich

gesonnenen Nachbarn, zermürbende Kriege der Stadt-
staaten untereinander sowie eine immer fortschritts-
feindlicher werdende Religion mit ausufernden, sinn-
entleerten Ritualen. Als weiterer Faktor kam die stetig
wachsende Übervölkerung hinzu. Um den zur Versorgung der Menschen notwendigen Mais anbauen zu
können, mussten immer größere Waldgebiete gerodet
werden. Die fehlenden Bäume beeinflussten das ökolo-
gische System. Die Folge davon waren ein anhaltender
Klimawandel und eine ausgedehnte Dürreperiode, die
sich über mehrere Jahrhunderte erstreckte. Seuchen
und Hungersnöte brachen aus. Zahlreiche Menschen
starben. Viele große Gebiete im Maya-Reich mussten
aufgegeben werden und verödeten. Nur einige Rand-
zonen überdauerten den Zusammenbruch. Auch für
sie wurden die Bedingungen von Jahrzehnt zu Jahrzehnt schlechter, weil es die alten Handelsbeziehungen
nicht mehr gab und der lebensnotwendige Austausch
von Informationen fehlte. Die Hochkultur erlosch und
fiel in ein früheres Stadium zurück.«

»Genug, das reicht mir für den Anfang. Kommen wir
nun zum goldenen Zwerg. Was macht ihn so besonders?«

»Im jetzigen Guatemala siedelten seit Urzeiten die
Mam-Maya. Ihre Hauptstadt namens Zaculeu lag auf
einer Hochebene in der Nähe der heutigen Stadt Hue-
huetenango. Zaculeu hielt sich tapfer in den Jahrhunder-
ten des Niederganges der einst so bedeutenden Maya-
Kultur. Das Ende kam, als im Jahr 1512 das Reich der
Mam vom Heer des grausamen spanischen Eroberers
Pedro de Alvardo überfallen wurde. Viele Maya starben

im Kampf. Sämtliche Adelige, deren die Spanier habhaft werden konnten, wurden ermordet. Die wenigen Überlebenden, denen die Flucht gelang, siedelten sich in den Randgebieten des Hochplateaus an. Ihre Nachfahren nennen sich immer noch Mam-Maya. Doch der größte Teil ihres alten Wissens ist mit dem gewaltsamen Tod ihrer Priester und Gelehrten verloren gegangen.«

»Aha, hochinteressant. Und nun kommen wir zur Sache, nicht wahr?«

»Sehr wohl. Für die Maya besaß Gold keinen Wert als Edelmetall, sondern als Ausgangsstoff für Kunstwerke, weil es sich leicht bearbeiten ließ. Deshalb wurde es auch nicht in Schatzkammern gehortet, sondern hauptsächlich als Grabbeigabe verwendet. Im Jahr 1509 war der bedeutende König *Pa'Chan*, was ›Der gebrochene Himmel‹ bedeutet, gestorben. Seine Grabkammer, die *Xib'alb'a*, die von den neun Herrschern der Nacht bewacht und beschützt wird, wurde mit unermesslich vielen goldenen Kunstwerken gefüllt. Pedro de Alvardo ließ bei der Suche nach diesem Gold einen Großteil der Stadt zerstören und voller Wut sämtliche schriftlichen Aufzeichnungen vernichten. Den Schatz fand er trotzdem nicht. Stattdessen fiel er vom Pferd und brach sich den Hals.«

»Ganz genau aus diesem Grund vermeide ich es tunlichst, mich jemals wieder auf einen Gaul zu schwingen. Ich habe nämlich einen bösen Sturz überlebt. Doch zurück zum Thema. Alvardo hat den Schatz also nicht gefunden. Aber Ihnen ist es gelungen?«

Der Bankier lächelte. »Leider ebenso wenig. Oder besser gesagt: Noch nicht. Ein Teil der Tempelanlagen von Zaculeu überdauerte die Zeiten. Im Jahr 1839 wurden sie von dem britischen Archäologie-Professor Arnold Bowen erkundet und kartografiert. Aber wenige Tage, bevor er der Öffentlichkeit eine sensationelle Entdeckung kundtun konnte, ereilte ihn das gleiche Schicksal wie jenes, welches dem Konquistadoren Pedro de Alvardo dreihundert Jahre zuvor widerfahren war: Arnold Bowen kam bei einem Reitunfall ums Leben. Viele seiner Aufzeichnungen und sämtliche Fundgegenstände blieben verschollen. Er nahm sein Wissen mit ins Grab. So wurde es jedenfalls von seinem Leibburschen William Marvell berichtet.«

Edgar Wallace konstatierte: »Aber William Marvell hatte gelogen. Der goldene Zwerg stammt aus dem Nachlass des Professors.«

»In der Tat, so ist es. Der Leibbursche von Professor Bowen hatte ihn an sich genommen und unterschlagen. Neunzig Jahre lang blieb er verschollen, bis ich ihn 1928 bei einer Europareise zufällig in einem Amsterdamer Antiquitätenladen entdeckte.«

»Woher kannten Sie die Bedeutung der Statue?«

»Anfangs war mir ihr unerhörter Wert nicht bewusst, und dem Antiquitätenhändler glücklicherweise ebenso wenig. Wir beide gingen von einer Arbeit neueren Datums aus. Deshalb konnte ich das gute Stück für wenig mehr als den Goldpreis erwerben. Wissen Sie, ich bin Hobbyarchäologe und Mitglied der *Britischen königlichen archäologischen Gesellschaft*. Mein Spezialgebiet sind indianische Hochkulturen. Ich habe bereits einige Entdeckungsreisen in lateinamerikanische Länder unternommen, ohne jedoch auf brauchbare Ergebnisse gestoßen zu sein. Diesmal jedoch war es anders.«

»Und zwar?«

»Es gelang mir, die Statue räumlich und zeitlich einzuordnen. Dann las ich im Archäologiereport, dass neuerdings im *British Museum* der restliche Nachlass von Professor Arnold Bowen aufbewahrt wird, wozu auch ein Skizzenbuch gehört. Ich habe mir Zugang verschafft, es ausgiebig studiert und bin auf eine Bleistiftzeichnung des goldenen Zwerges, wie Sie ihn zu nennen belieben, gestoßen. Darunter stand in fast verblichener Schrift: »*Dies ist Chaac, der Gott des Donners, des Regens, der Fruchtbarkeit und des Ackerbaus.* Die Mam-Maya meinen, Chaac würde noch immer über sie wachen. Er könne es nicht zulassen, dass die heiligen, goldenen Symbole der vier Elemente, die da sind der Geier, der die Luft verkörpert, die Eidechse, welche das Feuer darstellt, der Maiskolben, der der Erde entspricht, und der Fisch, welcher das Sinnbild des Wassers ist, in die falschen Hände geraten.«

»Offenkundig haben sich die Eingeborenen geirrt, den zweifellos hat sie dieser Bursche mit Namen Chaac verlassen und somit aufgehört, ein Auge auf sie zu haben. Doch selbst wenn der goldene Zwerg keine Imitation, sondern eine echte antike Maya-Statue sein sollte, woraus erklärt sich dann sein immenser Wert?«

Die Stimme des Bankiers begann zu zittern. »Ich habe den goldenen Zwerg gewogen. Sein Volumen entsprach nicht dem seines Gewichts. Demzufolge musste es in seinem Inneren einen Hohlraum geben. Mithilfe einer Lupe konnte ich erkennen, dass der Zwerg nicht kompakt, sondern aus Einzelteilen zusammengesetzt war. Der Verschlussmechanismus ähnelte dem eines chinesischen Zauberkästchens. Zahllose kleine Riegel mussten hin und her geschoben werden. Ich benötigte viele Stunden, um hinter das Rätsel zu kommen und den Hohlraum öffnen zu können, ohne das Kunstwerk dabei zu zerstören.«

»Auf was sind Sie gestoßen? Raus mit der Sprache!«

»Ich fand eine Schriftrolle. Bei ihrem Material handelte es sich um gepresste und mit Kalk geweißte Fasern der Feigenbaumrinde. Der Text stellt eine Wegbeschreibung zur Grabkammer des Königs Pa'Chan dar. Allerdings konnte ich bislang nur einen geringen Teil der Botschaft entziffern. Die Schriftsprache der Maya ist äußerst kompliziert. Es existieren rund 400 Bild- und Silbenzeichen, die nahezu beliebig miteinander verbunden werden können. Für ein und dasselbe Wort sind deshalb Dutzende Schreibweisen möglich.«

»Und die Schriftrolle ist zusammen mit der Statue gestohlen worden?«

Samuel Wordsworth atmete erleichtert auf. »Glücklicherweise nicht. Die Wegbeschreibung bewahre ich in meinem Banktresor auf. Dort kommt kein noch so geschickter Dieb heran.«

»Weshalb sind Sie denn so verzweifelt?«, wollte Edgar Wallace wissen. »Nun gut, der goldene Zwerg mag einen gewissen kulturhistorischen Wert haben, welcher den Goldpreis bei Weitem übersteigt, aber das war es doch auch schon. Sie können sich doch jederzeit eine andere Maya-Statue kaufen und in Ihren Panzerschrank stellen.«

»Sie verstehen nicht. Der goldene Zwerg ist viel mehr als lediglich eine Statue oder eine Schatulle. Er ist ... er ist ...« Die Stimme des Bankiers begann wieder zu zittern. »Der goldene Zwerg scheint außerdem der Schlüssel zur Grabkammer des Maya-Königs zu sein. So wie ich die Zeichen deute, lässt sich nur mit seiner Hilfe die komplizierte Verriegelung der Tür zum Heiligtum öffnen. Wie es genau funktioniert, muss ich vor Ort herausfinden.«

»Nun, eine Stange Dynamit bewirkt auch manchmal Wunder.«

»Nicht nur die alten Pharaonen, sondern auch die Maya haben zahlreiche Sicherheitsvorkehrungen getroffen, um ihre heiligen Stätten vor Grabräubern zu schützen. Wir müssen davon ausgehen, dass jeder Versuch einer gewaltsamen Öffnung mit Sicherheit einen Zerstörungsmechanismus auslösen würde.«

8. Kapitel

»Es war sicherlich ein Einbrecher«, schloss sie.
»Wie sah er aus?«, fragte Bill neugierig.
»Das darf ich Ihnen nicht sagen. Es wird
Ihnen sonderbar erscheinen, dass ich ein
Geheimnis daraus mache.«

Edgar Wallace, *Der Unhold*

Mord auf der Parkbank

London, 29.10.1929

Edgar Wallace und Samuel Wordsworth saßen einander im Herrenzimmer des Bankiers gegenüber. Beide rauchten schweigend türkische Zigaretten und hingen ihren Gedanken nach, ohne dass eine ungemütliche Stille entstanden wäre. Hin und wieder nippten sie aus ihren schweren Steinguttassen, die starken Ceylon-Tee mit Milch enthielten. Der Meister dachte, dass so etwas nur unter Männern möglich sei. Frauen würden sich sehr bald unwohl fühlen und die Ruhe mit ihrem Geplapper unterbrechen.

Schließlich beendete der Meister die Denkpause und nahm das unterbrochene Gespräch wieder auf: »Wem hatten Sie von der Existenz der Maya-Statue erzählt, bevor sie Ihnen abhandenkam?«

»Keiner Menschenseele.«

»Auch nicht Ihrer werten Frau Gemahlin, die kennenzulernen ich bislang nicht das Vergnügen hatte?«

»Ich bin seit fünf Jahren Witwer. Meine Kinder sind

aus dem Haus. Die Gespräche mit den Domestiken beschränke ich auf das Allernotwendigste.«

»Aber Ihren Freunden und Kollegen in der Archäologischen Gesellschaft werden Sie doch sicherlich von diesem sensationellen Fund berichtet haben?«

»Nur indirekt.«

»Inwiefern?«, wollte Edgar Wallace wissen.

»Bei den Hobbyarchäologen ist es wie bei den organisierten Numismatikern und den Philatelisten. Alle ziehen an einem Strang und unterstützen sich gegenseitig. Das gilt allerdings nicht mehr, sobald einer von ihnen eine wichtige Entdeckung gemacht hat. Sie kennen ja das Sprichwort ›Der Erfolg hat viele Väter, der Misserfolg nur einen‹. Ich wollte keine schlafenden Hunde wecken. Aber ich benötigte Hilfe, weil ich mit der Übersetzung nicht weiterkam. Deshalb habe ich die erste Zeile der Schriftrolle detailgetreu transkribiert und sie vor einigen Wochen jenen fünf britischen Wissenschaftlern zur Verfügung gestellt, die ich für die größten Kapazitäten auf diesem Gebiet halte. Die Feigenbaumrinde ließ ich unerwähnt. Ich behauptete, ich hätte die Zeichen in einer Ruine in Guatemala entdeckt, wo sie in die Wand gemeißelt gewesen seien. Das klang glaubhaft. Originaldokumente aus der Zeit der Hochkultur der Maya sind äußerst selten, weil die Spanier in ihrer Zerstörungswut ganze Arbeit geleistet hatten.«

Edgar Wallace goss sich etwas Tee aus der bauchigen Kanne nach und mischte ihn mit reichlich Milch. »Wer sind diese fünf Gelehrten? Wie heißen sie? Was haben diese Herren herausgefunden?«

»Es handelt sich um:

Dr. Leslie Craig, Anthropologe aus London,

Dr. Richard Lyne, Ethnologe aus Cambridge,

Prof. James Selford, Soziologe aus Oxford,

Prof. Jonathan Tarling, Sprachwissenschaftler aus Glasgow und

Dr. Raymond Tickler, Humangeograph aus Aberdeen.

Obwohl ich einen gehörigen Anreiz in Form einer mehr als angemessenen Aufwandsentschädigung gesetzt hatte, ist es keinem einzigen dieser Herren gelungen, die Zeile korrekt zu übersetzen. Mir liegen von ihnen Dutzende unterschiedliche Interpretationen vor. Das ist aber normal. Es erklärt sich daraus, dass die Akademiker den Sinnzusammenhang der Glyphen nicht kennen und ich es tunlichst vermieden hatte, ihnen auch nur den geringsten Hinweis auf die richtige Richtung zu geben. Die 400 Bild- und Silbenzeichen der Maya lassen eine Vielzahl von Deutungen zu. Im Englischen ist es ähnlich. Das Wort ›concern‹ kann ja beispielsweise ›Angelegenheit, Sache, Anliegen, Interesse, Unruhe, Sorge, Beziehung, Geschäft, Unternehmen‹ oder ›Ding‹ bedeuten. Ohne den genauen Kontext können Sie mit dem einzelnen Wort also nicht viel anfangen. Ich hingegen war in der Lage, diejenige Übersetzung herauszufiltern, die so nah wie möglich am Thema lag. Auf diese Weise bin ich hinter den Sinn des ersten Teils der Botschaft gekommen. Mein weiterer Plan besteht nun darin, mich jetzt an ganz andere Wissenschaftler zu wenden und ihnen den zweiten Satz zukommen zu lassen. Nach und nach kann ich dann das Puzzle zusammensetzen, ohne dass außer mir jemand das Große und Ganze kennt.«

»Aber einer der fünf akademischen Herren muss Verdacht geschöpft haben. Sicherlich hat er sich an den betreffenden Artikel über Professor Bowen im Archäologiereport erinnert und ist Ihnen so auf die Schliche gekommen. Um die Theorie in der Praxis zu überprüfen, wird der Mann schnurstracks ins *British Museum* gefahren sein. Dort hat er – wie von ihm vermutet – Ihren Namen in der Besucherliste unter der Rubrik ›Einsichtnahme in den Nachlass von Professor Bowen‹ entdeckt. Anschließend brauchte er nur noch eins und eins zusammenzuzählen. So hätte ich es jedenfalls gemacht. Noch eine Frage am Rande: Kennen Sie die fünf Wissenschaftler persönlich?«

»Nur Dr. Richard Lyne sowie die beiden Professoren James Selford und Jonathan Tarling. Dr. Leslie Craig und Dr. Raymond Tickler bin ich noch nie begegnet. Das ist im Fall von Dr. Craig besonders verwunderlich, weil er ja in London lebt und lehrt. Aber er verkehrt in völlig anderen gesellschaftlichen Kreisen als ich und nimmt nur äußerst selten an den Zusammenkünften der Archäologischen Gesellschaft teil. Und wenn er dann doch einmal zugegen war, hielt mich zufällig immer ein unaufschiebbarer Termin von der Teilnahme ab.«

Edgar Wallace kratzte sich am Kopf. »Wir rücken dem Ziel allmählich näher, merken Sie das? Und da fällt mir gleich noch etwas ein: Wie alt etwa sind die Herren Lyne, Selford und Tarling? Älter als Mitte vierzig? Hat einer von ihnen braune Haare, braune Augen und spricht mit einem leicht näselnden Unterton?«

»Lyne ist weit über sechzig, Selford und Tarling sind beide Ende fünfzig. Alle drei verfügen nur noch über

wenig Haupthaar und zählen zu der Spezies der sogenannten Silbernacken. Als Vierzigjähriger könnte kein
einziger von Ihnen durchgehen, auch nicht mit einer
gut gemachten Perücke. Allerdings näseln alle drei.
Das scheint so eine Marotte von Universitätsgelehrten
zu sein.«

»Na prima, bleiben vorerst Craig und Tickler übrig.
Wenn beide berühmte Wissenschaftler sind, muss es in
der Fachliteratur Fotografien von ihnen geben. Es wäre
äußerst hilfreich, wenn Sie sich so schnell wie möglich
auf die Suche begeben könnten. Stellen Sie doch bitte
außerdem eine Rangliste der Interpretationen der Glyphen auf. Unser Mann liegt entweder auf Platz eins –
weil ihm der Seifensieder erst später aufging – oder an
letzter Stelle, um Sie ganz bewusst in die Irre zu führen.«

In diesem Moment klopfte es an die Tür. Die Haushälterin Louise Lodge trat ein. Sie trug ihrer Dienststellung entsprechend ein schwarzes Kleid mit hoch auf-
stehendem, weiß abgesetztem Kragen. Die Frau war
dürr wie eine Bohnenstange und wirkte wesentlich
älter als Mitte vierzig. Um ihren Hals baumelte ein Lor-
gnon an einer Silberkette. »Sir, ein dringender Anruf
von Chefinspektor Osborne für Mister Wallace. Ich
habe das Gespräch auf den Apparat in der Halle legen
lassen. Mister Wallace, wenn Sie mir bitte folgen wollen.«

Der Chefinspektor am anderen Ende der Leitung
klang reichlich verärgert: »Es hat einen herben Rückschlag gegeben. Ich war mit dem Dienstmädchen wie
verabredet auf dem Weg zu Scotland Yard. Unterwegs

bat mich Dorothy um eine Unterbrechung der Fahrt, weil sie angeblich ein dringendes Bedürfnis verspüre. Es gab keinen Grund, ihr diese Bitte abzuschlagen. Sie war nur eine Zeugin, keine Verdächtige. Ich ließ den Wagen am *Gatherum-Kaufhaus* in der Marlstreet halten. Miss Lawrence wollte unverzüglich zurückkehren. Doch ich wartete vergeblich. Dann machte ich mich auf die Suche nach ihr. Ich konnte sie weder in den Waschräumen noch sonst wo in diesem verdammten Warehhaus finden. Mir blieb nichts weiter übrig, als das abtrünnige Dienstmädchen zur Fahndung auszuschreiben.«

»Das klingt gar nicht gut. Wie ging es weiter?«

»In meinem Büro erhielt ich bald darauf einen Telefonanruf. Ein Constabler hat sie gefunden. Sie saß vis-à-vis vom Restaurant *Harvesthome* auf einer Parkbank.«

»Interessant. Was wusste sie zu berichten?«

Die Stimme des Chefinspektors wurde leiser: »Nichts. Sie war tot. Jemand hatte sie erstochen. Die Gegend dort ist tagsüber relativ unbelebt. Niemand hat etwas gehört oder gesehen.«

»Das nennen Sie einen Rückschlag?«, meinte Edgar Wallace vergnügt. »Ich würde es eher als einen Fortschritt bezeichnen.«

»Sind Sie wahnsinnig geworden? Inwiefern soll uns der Tod unserer wichtigsten Augenzeugin zu neuen Erkenntnissen verhelfen? Das ganze Gegenteil ist der Fall.«

»Natürlich ist dieses jähe Ende einer wunderbaren Liebe mit Aussicht auf eine Hochzeitsreise nach Paris kein Gewinn für Missis Lawrence, ganz im Gegenteil.

Aber des einen Leid ist des anderen Freud. Wie die Bienen den Honig aus der Blüte, können wir dreierlei bemerkenswerte Einsichten daraus saugen: Ad primum war es dem Dienstmädchen entgegen seiner Beteuerungen doch möglich, Kontakt zu seinem Galan aufzunehmen. Nur auf diese Weise konnte sie ihn außer der Reihe zum üblichen Treffpunkt an dem betreffenden Lokal bestellen. Ad secundum war die Mordtat keinesfalls geplant. Der große Unbekannte musste improvisieren. Und wer nicht mehr planmäßig handelt, begeht Fehler. Ad tertium ist unser Freund noch nicht am Ziel seiner Wünsche angelangt, sonst hätte er längst Fersengeld gegeben und würde sich nicht mehr in London aufhalten. Obwohl der Boden unter seinen Füßen heiß zu werden beginnt, kann er noch nicht weg. Unser guter Bankier hat mir inzwischen auch verraten, weshalb und warum. Doch das werde ich Ihnen nachher persönlich berichten, wenn ich Sie in Ihrem Büro besuche. Vorher habe ich hier noch eine kleine Aufgabe zu erledigen.«

Edgar Wallace kehrte in das Raucherzimmer zurück und unterrichte Samuel Wordsworth über den neuesten Stand der Ereignisse.

»Dorothy Lawrence hat uns also nicht die Wahrheit gesagt. Dann wird die Beschreibung ihres Bräutigams frei erfunden sein«, schlussfolgerte der Bankier.

»Das glaube ich kaum«, widersprach ihm der Meister. »Das Dienstmädchen war nicht das hellste Kirchenlicht. Miss Lawrence hat sich lediglich für clever gehalten, ohne es tatsächlich zu sein. Ihr jähes Ende ist der beste Beweis dafür. Erst im Laufe des Gesprächs ist sie dahintergestiegen, dass die Weste ihres schmucken Bräutigams doch nicht ganz so rein ist, wie es den Anschein hatte. Dann hat sie sich ganz spontan entschlossen, aus ihrem Wissen Kapital zu schlagen. Diesen schweren Fehler musste sie allerdings mit dem Leben bezahlen. Ich schlage deshalb vor, dass wir unverzüglich ihr Zimmer inspizieren, ehe dort noch jemand anderes herumschnüffelt. Wie heißt es so schön in der Bibel: ›Suchet, so werdet ihr finden!‹«

Die Kammern der Dienstboten lagen weit oben unter dem Dach. Edgar Wallace war puterrot im Gesicht und einem Herzinfarkt nahe, als er endlich wolkenwärts anlangte. Er ließ sich schnaufend auf eine Truhe neben dem steilen Treppenaufgang plumpsen, um wieder zu Atem zu kommen.

Samuel Wordsworth wartete geduldig, bis sich sein Begleiter wieder leidlich erholt hatte. Es gab sechs ungestrichene Türen aus Fichtenholz nebeneinander. Dorothy Lawrence war in dem zweiten Kabäuschen von links untergebracht gewesen. Dünne Pappwände trennten die Verschläge voneinander. Durch die Ritzen der freiliegenden Dachziegel stahlen sich einzelne Sonnenstrahlen.

Die Kammer war äußerst spartanisch mit einer Kommode, einem kleinen Tisch, einem Stuhl und einem schmalen Bett eingerichtet. Es gab weder einen Ofen noch elektrisches Licht. Auf der Kommode standen eine Waschschüssel und eine Wasserkanne. Unter dem Bett ragte der Henkel von einem Emaillenachttopf hervor. Die Dielen waren ungehobelt. Auf dem Tisch lag eine Bibel, über dem Bett hing ein Kreuz. Alles war penibel sauber. Nirgendwo gab es auch nur das geringste Stäubchen zu sehen.

Edgar Wallace blieb in der Tür stehen und gab die Anweisungen, denn für zwei Personen nebeneinander wäre die Kammer viel zu schmal gewesen.

Der Bankier kroch folgsam auf allen vieren herum, stocherte mit einem Taschenmesser in den Fußbodenritzen, leerte die Schubladen aus, schaute darunter und faltete jedes einzelne Wäschestück auseinander. Er nahm wie ihm geheißen das Kreuz von der Wand und blätterte die Bibel durch. Außer einem Bündel Briefe und Ansichtskarten, das von einem blauen Seidenband zusammengehalten wurde, fand sich nichts von Interesse. Aber die Post stammte ausschließlich von den Eltern und der Schwester der Ermordeten. Ein Liebesbrief war nicht darunter.

Samuel Wordsworth wollte gerade alles wieder zurücklegen, da hielt ihn der Meister auf: »Am besten versteckt man etwas dort, wo es jeder sieht. Geben Sie mir doch bitte noch einmal die Briefe.«

Edgar Wallace kontrollierte alle Umschläge, faltete sämtliche Briefbögen auseinander. Er fand nichts, was ihm in irgendeiner Form weitergeholfen hätte. Doch dann entdeckte er auf jenem Kuvert, welches ganz oben auf dem Bündel gelegen hatte, eine Bleistiftnotiz: *2-5-24-12-5-25-E-H-C-G-D-B-H-A-F.* Er konnte sich zwar keinen Reim darauf machen, nahm den Briefumschlag aber vorsichtshalber an sich und steckte ihn in seine Rocktasche.

Draußen im Gang meinte der Meister zum Bankier: »So richtig gemütlich haben es Ihre Leute hier oben aber nicht. Meine Angestellten beispielsweise bewohnen ein eigenes Haus auf meinem Grundstück. Dort gibt es zwei Badezimmer und eine separate Küche.«

Der Bankier errötete und stotterte: »Für das nächste Frühjahr sind hier umfangreiche Umbauarbeiten geplant. Dann wird sich das Niveau wesentlich verbessern.«

»Ihr Wort in Gottes Gehörgang.«

Die Treppen hinunter ging es viel besser. Im Rauchsalon ließ der Meister den Bankier einen Blick auf die Buchstaben- und Zahlenfolge werfen. Aber Samuel Wordsworth war genauso ratlos wie er.

»Na gut«, meinte der Kriminalschriftsteller. »Soll sich Scotland Yard damit rumquälen. Vielleicht hat dort jemand einen Einfall, was das bedeuten könnte. Und Sie, mein lieber Altertumsforscher, müssen von jetzt an ganz besonders vorsichtig sein. Die Sache eskaliert. Der Täter ist skrupellos. Er hat den Tod eines unschuldigen Kindes in Kauf genommen und eine arme Seele ermordet. Sobald es ihm gelingt, die Statue zu öffnen, wird er eine herbe Enttäuschung erleben, denn das Nest des Huhns, das goldene Eier legt, ist leer. Dann wird er Sie sich vorknöpfen. Sie sollten daher ab sofort das Haus nicht mehr ohne Begleitung verlassen, sicherheitshalber die Schlösser von sämtlichen Außentüren wechseln lassen und nachts einen gut geölten und geladenen Revolver auf Ihrem Nachttisch zu liegen haben.«

* * *

Edgar Wallace verbrachte anschließend noch mehrere Stunden im Büro von Chefinspektor Osborne. Die beiden Herren besprachen den Fall von allen Seiten und rätselten an der Geheimschrift herum, ohne der Lösung einen Schritt näherzukommen. Außerdem tauchten in keiner der verschiedenen Verbrecherkarteien die Namen Dr. Leslie Craig, Dr. Raymond Tickler oder Henry Arthur Milton auf.

David Osborne schickte ein Kabel an die Polizei in Aberdeen und bat um Auskünfte über Dr. Raymond Tickler. Dr. Leslie Craig wollten der Chefinspektor und der Schriftsteller am Vormittag des nächsten Tages gemeinsam aufsuchen.

Edgar Wallace traf pünktlich zum Abendessen in den *Chalklands* ein. Es gab eine Überraschung: Bryan, der älteste Sohn des Meisters, war zu Besuch gekommen. Der 25-Jährige wollte die Offizierslaufbahn einschlagen. Er besuchte die Militärakademie in Sandhurst und hatte nach Ende des ersten Trimesters zum ersten Mal Urlaub erhalten.

Zu Ehren von Bryan wurde ein Festmahl gereicht. Die Köchin hatte sich ordentlich ins Zeug gelegt und ein Sechs-Gänge-Menü zubereitet, das mit heiß dampfender Schildkrötensuppe begann und mit Eiscreme endete. Edgar Wallace, der sich eigentlich mit einem Schüsselchen Porridge hatte begnügen wollen, langte kräftig zu, um seinem Sohn nicht den Spaß an der Freude zu verderben. Als sämtliche Schüsseln geleert waren, musste der Meister in seiner Not den obersten Hosenknopf öffnen und die Weste ablegen. Leicht stöhnend schwor er sich, der Todsünde der Völlerei zukünftig nie wieder zu frönen.

Violet und Bryan tranken reichlich Wein, Edgar Wallace begnügte sich mit einigen Tässchen Mokka. Das

Gespräch drehte sich lange Zeit um diverse Rituale, mit denen sich die Offiziersanwärter gegenseitig das Leben schwer zu machen pflegten. Bei der sogenannten Schweinejagd musste beispielsweise ein unter einer Wolldecke verborgener Kadett des ersten Trimesters als »Wildschwein« auf allen vieren den Flur entlangkrabbeln, währenddessen seine Kameraden aus dem dritten Trimester ihn als die »Jäger« mit Besenstielen zu stoppen versuchten. Bryan war jedoch ein athletischer Typ und in vielen sportlichen Disziplinen aktiv. So hatte er 1926 als Absolvent des *Emmanuel Colleges* in Cambridge den Bob der englischen Mannschaft bei den Weltmeisterschaften in Caux sur Montreux in der Schweiz gesteuert. Durch seine gewaltigen Körperkräfte, verbunden mit einer großen Schnelligkeit, war er den meisten seiner Kameraden überlegen. Auf diese Weise hatte er die »Schweinejagd« nicht nur unbeschadet überstanden, sondern einigen Offiziersanwärtern auch ein für alle Mal die Freude an solchen Belustigungen genommen.

Als der Abend bereits dem Ende zuging, zeigte Edgar Wallace seiner Frau den Briefumschlag mit der seltsamen Bleistiftnotiz.

Doch diesmal wusste selbst Violet keinen Rat. »Wenn noch nicht einmal die Spezialisten von Scotland Yard etwas damit anfangen können, dann bin auch ich überfragt, mein Tanzbärchen«, meinte sie mit einem leichten Hickser in der Stimme.

Bryan war neugierig geworden. »Zu meiner Ausbildung gehört auch das Dechiffrieren von Nachrichten. Zeig mal her, Papa, vielleicht fällt mir etwas ein.« Er warf einen Blick auf die Bleistiftnotiz *2-5-24-12-5-25-E-H-C-G-D-B-H-A-F*. »Das ist ganz eindeutig eine Buchstaben- und Zahlenkombination.«

»Da wäre ich von allein nie darauf gekommen«, bemerkte Edgar Wallace spöttisch. »Aber jetzt, wo du es sagst, erkenne ich in der Tat eine Reihe von Buchstaben und Zahlen.«

»Ich habe mich wohl zu unklar ausgedrückt. Es handelt sich hierbei um die einfachste Form der Verschlüsselung. Dabei wurden den Buchstaben Zahlen und den Zahlen Buchstaben zugeordnet. Ein sicheres Indiz dafür ist, dass in der Ziffernfolge die Zahl 5 gleich zweimal auftaucht. Der fünfte Buchstabe im Alphabet ist das E. Der zweite Buchstabe ist das B und so weiter. Das Wort heißt demzufolge ›Bexley‹. Das ist ein Stadtteil von London. Anschließend wurde umgekehrt verfahren, also jedem Buchstaben die entsprechend Zahl zugeordnet. Im Klartext lautet die Botschaft ›Bexley 583 742 816‹. Ich nehme an, es handelt sich um eine Telefonnummer.«

Edgar Wallace klappte der Unterkiefer herunter. Er ging zum Telefonapparat, ließ sich mit dem Amt verbinden und verlangte die Nummer Bexley 583 742 816. Die Telefonistin versprach, die Verbindung sogleich herzustellen. Eine Weile knisterte, knackte und rauschte es. Dann meldete sich eine kräftige Männerstimme: »Hier ist das Haus von Dr. Leslie Craig. Wen darf ich bitte melden?«

Der Meister war einer Ohnmacht nahe. Er flüsterte: »Falsch verbunden«, und drückte die Gabel des Telefonapparats nieder.

9. Kapitel

»Leg den Revolver hin, Massey«, sagte Jimmy kaltblütig,
»wenn du nicht gerade was zum Spielen brauchst.«

Edgar Wallace, *Der Safe mit dem Rätselschloss*

Schreie im Nebel

London, 30.10.1929

Chefinspektor Osborne hatte, nachdem er von Edgar Wallace über die Bedeutung der geheimen Notiz aus der Feder von Dorothy Lawrence informiert worden war, die schnellstmögliche Verhaftung von Dr. Leslie Craig veranlasst. Die Festnahme sollte in den frühen Morgenstunden des 30. Oktober stattfinden. Aber es gab Schwierigkeiten. An diesem Tag erlebte die Hauptstadt des britischen Empire nämlich wieder einmal jenes häufige Wetterphänomen, für das sie weltweit berühmt war: den Londoner Nebel. Eine Vielzahl von Faktoren – wie die Konzentration von Aerosolteilchen sowie von Rauch- und Rußpartikeln in der Luft, das Absinken der Temperatur, eine Erhöhung der Wassergehalts über die Sättigungsgrenze hinaus, die thermischen Oberflächenstrukturen und die Uferbeschaffenheit der Themse – ließen eine dicke Suppe entstehen, bei der die Sichtweite auf wenige Yards schrumpfte.

Weil der Nebel in London jedoch so häufig vorkam, gehörte er zum Polizeialltag. Solange auf den Straßen

173

noch eine grobe Orientierung möglich war, gab es keinen Grund, die Festnahme zu verschieben. Lediglich die Sicherheitsvorkehrungen wurden massiv verschärft. Statt dem üblichen Vier-Mann-Team kam nun ein gutes Dutzend von Polizisten in Uniform zum Einsatz, die das gesamte Gebiet um das betreffende Gebäude weiträumig absperrten.

Dr. Leslie Craig bewohnte eine repräsentative Acht-Zimmer-Wohnung in einem efeubewachsenen Mehrfamilienhaus mit roter Klinkerfassade in der Brompton Road in Kensington. Kensington war eine gutbürgerliche Gegend mit ruhigen, baumbestandenen Straßen, viktorianischen Bauten und sauber geschnittenen Rasenflächen. Hier wurde der Müll regelmäßig abgeholt, die Nachbarn grüßten einander noch, und die Kriminalitätsrate lag gleichauf mit der von Flitwick in der Grafschaft Bedfordshire.

Der Zugriff sollte, wie in solchen Fällen üblich, morgens um fünf Uhr erfolgen. Um diese Zeit lagen die meisten Menschen noch im Tiefschlaf. Wenn sie geweckt wurden, waren ihre Atmung, die Herzfrequenz und der Blutdruck erhöht. Sie wirkten leicht desorientiert. Außerdem waren in der Regel ihre Fluchtreflexe verlangsamt, was ihre Gefangennahme erleichterte. Inzwischen zeigte die Uhr schon auf Viertel nach fünf. In der Einsatzzentrale vor Ort, einem geschlossenen Mannschaftstransporter mit Holzbänken, begann sich allmählich Nervosität breitzumachen. Dann endlich erklangen die vom Nebel gedämpften Geräusche eines starken Motors. Im Schritttempo kam der Rolls-Royce »Silver Ghost« des Kriminalschriftstellers angerollt. Reifen knirschten über den Asphalt. Der Wagen hielt an.

Edgar Wallace stieg aus und kletterte in den Mannschaftswagen. »Ich bitte vielmals meine Verspätung zu entschuldigen, aber der starke Nebel hat ein schnelleres Vorankommen völlig unmöglich gemacht. Auf dem flachen Land ging es noch leidlich, doch sobald wir die Stadtgrenze passiert hatten, musste mein Chauffeur den Fuß vom Gaspedal nehmen.«

»Ach übrigens. Dr. Tickler ist sauber. Es liegt nichts gegen ihn vor«, meinte der Chefinspektor und erteilte anschließend den Einsatzbefehl.

Edgar Wallace musste aus Sicherheitsgründen in dem Kastenwagen sitzen bleiben. Der Rolls-Royce wurde fortgeschickt.

Ein verhaltener Pfiff aus einer Polizeipfeife ertönte. Er wurde reihum wiederholt. Genagelte Schuhe trappelten über das Pflaster. Ein Schlosser machte sich am Hauseingang zu schaffen. Die schwere, reich verzierte Eichentür sprang auf. Das runde Vestibül dahinter war mit schwarz gestreiftem Marmor ausgelegt. Auf einem achteckigen Sockel stand eine lebensgroße, weibliche Statue. Sie sollte, wie auf einem Messingschild zu ihren Füßen zu lesen war, Simonetta Vespucci darstellen, jene bildhübsche Frau, die der italienische Maler Sandro Boticelli einstmals zu seiner Muse auserkoren hatte. Doch den Polizisten stand der Sinn nach anderen Dingen als nach Kunstbetrachtung. Sie stürmten die geschwungene Treppe hinauf in die erste Etage zur Wohnung von Dr. Craig. Ein schwerer, roter Kokosläufer dämpfte ihre Schritte. Die Beamten postierten sich links und rechts vom Eingang.

»Treppenhaus gesichert«, erklang die geflüsterte Meldung.

Der Chefinspektor betätigte den Klingelzug an der Tür. Im Inneren der Wohnung erklang ein Glöckchen. David Osborne ließ es noch ein-, zweimal läuten. Lange Zeit geschah gar nichts. Schließlich schlurften Schritte näher. Von innen wurde die Kette vorgelegt, dann öffnete sich die Wohnungstür einen Spaltbreit.

Ein Greis mit verwuschelten, weißen Haaren schaute schlaftrunken nach draußen. Über seine linke Wange zog sich eine tiefe Narbe. Der Alte war lediglich mit einem blau-weiß gestreiften Nachthemd angetan. Seine Füße steckten in Kamelhaarschlappen. »Was gibt es mitten in der Nacht? Weshalb klingeln Sie bei mir Sturm? Hat Ihnen niemand Manieren beigebracht, Sie Depp?«, fragte er verärgert.

Der Chefinspektor zeigte seine Marke vor. »Scotland Yard. Wir wollen zu Dr. Leslie Craig.«

»Das bin ich. Was ist Ihr Begehr, Sie Polizeitrampel?«

»Bitte öffnen Sie die Tür, Sir!«

»Nein, erst müssen Sie mir sagen, was Sie von mir wollen. Ich lese täglich in der Zeitung von der wachsenden Polizeiwillkür in unserer Stadt und kenne meine Rechte. Ich verlange von Ihnen, dass Sie mir auf der Stelle den richterlichen Durchsuchungsbefehl vorlegen. Anschließend werde ich mit meinem Anwalt telefonieren. Sobald er hier eingetroffen ist und sein Einverständnis erteilt hat, lasse ich Sie ein.«

David Osborne war mit seinen Nerven am Ende. »Sir, treten Sie bitte von der Tür zurück. Sie könnten sonst verletzt werden, was ich sehr bedauern würde.« Der

Chefinspektor gab Charles Summer, einem hünenhaften Sergeanten, der mehr als sechs Fuß groß war und weit über zweihundert Pfund wog, ein Zeichen. Doch der zuckte nur mit den Schultern. Er hatte den Bolzenschneider, mit dem er die Sicherheitskette durchknipsen sollte, unten im Auto vergessen.

»Dann nehmen Sie eben den Stempel«, zischte David Osborne.

Doch der transportable Rammbock lag neben der Zange. Um keine weitere Zeit zu verlieren, nahm der Sergeant Anlauf und ließ seine gewaltigen Massen gegen den Eingang krachen. Die Halterung der Kette wurde aus dem Holz gerissen und die Wohnungstür schlug weit nach innen auf.

Dr. Craig hatte nicht auf die Warnung des Chefinspektors gehört. In letzter Sekunde versuchte er der Gefahr auszuweichen, aber er war zu langsam. Außerdem zählten Kamelhaarschlappen nicht zu einem für die Flucht geeigneten Schuhwerk. Das Türblatt verpasste dem Wissenschaftler eine volle Breitseite. Gegen seinen Willen verwandelte er sich in eine Art Hochgeschwindigkeitsgeschoss, welches den gesamten Flur in seiner Länge durchmaß und erst von einem antiken Vertiko aus gewachstem Tropenholz gestoppt werden konnte. Dr. Craig knallte mit einem Ausruf des Erstaunens auf den Lippen auf den Teppich und schloss die Landung mit einem bühnenreifen Kobolz rückwärts ab. Während der Flugphase war ihm das Nachthemd hochgerutscht. Sein entblößter Altmännerhintern reckte sich wie ein bleicher Halbmond in die Höhe, währenddessen er mühsam versuchte, wieder auf die Beine zu kommen.

Im Gegensatz dazu war Sergeant Summer nichts geschehen. Er besaß bereits reichlich Erfahrung mit solchen Einsätzen und war vorsichtshalber einen Schritt zurückgetreten. Er kannte die Tücke des Objekts und wusste, dass Türen in solchen Fällen die Eigenheit besaßen, erst gegen die Wand zu krachen – um im nächsten Moment schwungvoll zurückzuschlagen.

Chefinspektor Osborne betrat die Wohnung. Er wurde von Inspektor Peter Muldoon, einem 38-jährigen Iren mit brandrotem Haar, begleitet. Zwei weitere Polizisten rückten hinter ihnen langsam vor und rissen nacheinander die Zimmertüren links und rechts vom Korridor auf.

Der Chefinspektor baute sich vor dem Häufchen Unglück auf, welches sich langsam aufzurappeln begann. Das Türblatt schien die Nase erwischt zu haben, denn aus ihr sprudelte das Blut wie ein Wasserfall.

Inspektor Muldoon reichte Dr. Craig ein Taschentuch und sagte: »Fest dagegenpressen, auch wenn es wehtut, und den Kopf nach hinten legen. Sie hätten auf die Warnung des Chefinspektors hören sollen. Nun haben Sie den Salat.«

Einer der beiden Polizisten aus dem Gefolge trat von hinten heran und erstattete Meldung: »Die gesamte Wohnung ist gesichert. Es sind keine weiteren Bewohner anwesend. Allerdings stand in einem der Schlafzimmer ein Fenster offen.«

»Geben Sie sofort Signal. Dann nichts wie runter auf die Straße. Schnappen Sie sich den Mann!«

Der Polizist blies zweimal mit ganzer Kraft in seine Trillerpfeife, einmal kurz, und einmal lang. Sofort wurde das Meldezeichen von draußen wiederholt.

»Sie hatten also einen Schlafgast beherbergt. Unterhalten wir uns darüber«, meinte der Chefinspektor zu dem Wissenschaftler.

»Um das herauszufinden, hätten Sie mich nicht niederzuschlagen und meine Tür zu demolieren brauchen«, zischte Dr. Craig mit verstopfter Nase. »Ich werde Sie wegen Amtsmissbrauchs und Körperverletzung verklagen, verlassen Sie sich darauf.«

Doch mit dieser Äußerung war er an den Falschen geraten. »Bis jetzt habe ich noch gute Laune«, erwiderte David Osborne. »Aber das kann sich ganz schnell ändern. Legen Sie es also besser nicht darauf an, mich zu reizen. Ziehen Sie sich einen Morgenrock über und wischen Sie sich das Blut aus dem Gesicht. Ich brauche einen Raum, wo ich mich mit Ihnen in aller Ruhe unterhalten kann.«

»Sir, ich schlage vor, Sie nehmen das Speisezimmer linker Hand«, sagte Inspektor Mulldoon. »Dort gibt es einen großen Tisch, auf dem Sie die Papiere ausbreiten können.«

»In Ordnung. Vorher schaffen Sie den Unglückswurm ins Badezimmer. Er soll sich das Gesicht waschen, einen feuchten Umschlag machen und sich Toilettenpapier in beide Nasenlöcher stopfen. Dann bringen Sie ihn wieder her. Aber lassen Sie ihn keinen Moment lang aus den Augen, damit er nicht auch noch aus dem Fenster hüpft.«

Als Dr. Craig zurückkehrte, war er wie verwandelt. Das kalte Wasser hatte ihn offensichtlich zur Vernunft gebracht. Seine Aufmüpfigkeit war ihm restlos abhandengekommen.

»Fühlen Sie sich etwas besser? Möchten Sie etwas trinken? Wir warten noch einen Moment. Ich lasse einen Kollegen holen. Sobald er zugegen ist, beginnen wir mit dem Verhör«, sagte der Chefinspektor. Dann schickte er Constabler Brixan los, Edgar Wallace zu holen.

* * *

Der Meister hatte inzwischen seine dritte Zigarette geraucht. Es war äußerst ungemütlich auf der harten Bank in dem ungeheizten Kastenwagen. Dummerweise hatte er die Thermoskanne mit dem Tee in der Küche stehen lassen. Edgar Wallace zog den Schal fester und klappte den Mantelkragen hoch. Der Atem kondensierte in der kalten Luft. Die Lust am Detektivspielen war dem Kriminalschriftsteller längst verloren gegangen.

Er versuchte, einen Blick nach draußen zu werfen. Es ging nicht. Die Scheiben waren angelaufen und der dichte Nebel hüllte alles ein. Nur die Straßenlaternen waren als schwache, gelbe Lichter sichtbar. Kondenswasser tropfte gleichmäßig auf das metallene Wagendach. Es klang wie das Ticken einer Totenuhr.

Plötzlich ertönte ein entsetzlicher Schrei ganz in der Nähe. Edgar Wallace zuckte zusammen. Das war kein Ruf des Erschreckens, sondern der Schmerzensschrei eines schwer verletzten Menschen gewesen. Der Meister kannte sich auf diesem Gebiet besser aus, als ihm lieb war. Im Burenkrieg in Südafrika waren links und rechts neben ihm die getroffenen Kameraden reihenweise zu Boden gegangen. Er als der Kompanie-Sanitäter musste ihnen die Gedärme zurück in die aufgerissenen Bäuche stopfen oder die Hände noch eine Weile auf eine zerfetzte Halsschlagader pressen, bis der Tod schließlich seinen Tribut forderte.

Das war damals so gewesen. Jetzt ertönten laute Pfiffe aus Trillerpfeifen, eilige Schritte trampelten, unverständliche Befehle wurden gebrüllt, Hunde bellten. Offensichtlich war draußen das komplette Chaos ausgebrochen.

Im nächsten Moment flog mit einem lauten Knall die rückwärtige Tür des Kastenwagens auf und ein Mann kam hereingestürzt. Er trug zwar eine Polizeiuniform, aber infolge der schlechten Beleuchtung im Wageninneren war das Gesicht unter dem Helm nicht zu erkennen.

Edgar Wallace blieb die Ruhe selbst. Er griff in die Manteltasche nach dem Derringer und spannte den Hahn. Von vielen Leuten, die ihn nicht näher kannten, wurde der Kriminalschriftsteller unterschätzt, weil er so alt und so dick war und voller Marotten steckte. Aber der äußere Eindruck täuschte gewaltig. Edgar Wallace war in der Gosse groß geworden und ganz allein aus eigener Kraft bis nach oben aufgestiegen. Auf dem steinigen Weg dorthin hatte er so viele Abenteuer erlebt, dass sie für ein Dutzend Leben oder mehr gereicht hätten. Beispielsweise war er in nächster Nähe dabei gewesen, als am 31. Mai 1906 in Madrid ein Anarchist eine Bombe auf den spanischen König Alfons XIII. schleuderte. Das Attentat kostete Dutzende Menschen das Leben. Der König und Edgar Wallace überlebten wie durch ein Wunder.

Auch diese Sache ging gut aus. Der Polizist war kein verkappter Meuchelmörder, sondern salutierte und erstattete Meldung. »Sir, der Chefinspektor bittet Sie, nach oben in die Wohnung des Verdächtigen zu kommen.«

»Was war das eben für ein Schrei?« Der Meister ließ den Hahn des Derringers zurückschnappen und nahm die Hand wieder aus der Manteltasche.

»Kein Ahnung, Sir. Meine Kollegen kümmern sich darum.«

Draußen auf der Straße herrschte immer noch helle Aufregung. Eine verzweifelte Stimme rief: »Kann uns denn niemand helfen? Wir brauchen sofort einen Krankenwagen. Wo bleibt denn nur der Krankenwagen?«

Edgar Wallace wandte sich nach links in jene Richtung, aus der soeben der Hilferuf gekommen war.

Der Polizist zupfte ihn am Ärmel. »Sir, der Hauseingang liegt dort drüben.«

»Immer eins nach dem anderen. In der Armee bin ich Sanitäter gewesen. Vielleicht kann ich ein Leben retten. Außerdem will ich wissen, was eben passiert ist.«

»Sir, hier draußen auf der Straße kann ich nicht für Ihre Sicherheit garantieren.«

»Wenn Sie immer hübsch an meiner Seite bleiben und Ihren Schlagstock griffbereit halten, wird mir schon nichts passieren.«

»Ganz wie Sie meinen, Sir!«

»Wie heißen Sie, mein Junge?«

»Constabler Gregory Brixan, Sir.«

»Angenehm Constabler Brixan, ich bin Edgar Wallace.«

»Ich weiß, Sir. Es ist mir eine Ehre, Sir.«

Vor dem Gartentor auf der Rückseite des Gebäudes lag ein Polizist auf dem Boden. Ein Kollege stützte seinen Kopf, zwei weitere standen hilflos daneben. Eine Blutlache breitete sich aus.

Edgar Wallace kniete sich nieder. »Licht!«, befahl er.

Eine Blendlaterne flammte auf.

In dem blauen Uniformrock klaffte auf der linken oberen Brustseite ein Riss, aus dem das Blut sickerte. Der Meister riss die Jacke des Verletzten auf und schob das Unterhemd nach oben. »Der Dolchstoß hat das Herz verfehlt. Richten Sie Ihren Kameraden auf, um den Blutfluss zu vermindern.« Edgar Wallace zog das weiße Einstecktuch aus der Brusttasche seines Anzugs, faltete es zusammen und deckte damit die Wunde ab. Auf das Tuch drückte er sein goldenes Zigarettenetui und wickelte anschließend seinen Schal um die Brust des Polizisten. »Bei großem Blutverlust kann es leicht zu einem lebensgefährlichen Schock kommen. Das wird durch einen solchen Druckverband verhindert. Durch ihn kommt das Blut zum Stehen«, erklärte Edgar Wallace. »Constabler Brixan, Schauen Sie auf Ihre Uhr und merken Sie sich die Zeit. Wenn der Krankenwagen eintrifft, sagen Sie dem Arzt, wann der Druckverband angelegt wurde. Und sorgen Sie bitte dafür, dass ich mein Zigarettenetui zurückerhalte.«

»Jawohl Sir, vielen Dank, Sir.«

»Den Weg nach oben finde ich allein. Hier auf der Straße scheint die Gefahr ja inzwischen gebannt zu sein.«

* * *

Sergeant Summer meldete den Meister an. Der Chefinspektor, der kurz zuvor von einem seiner Leute über die Ereignisse hinter dem Haus informiert worden war, stand auf und zog sich mit Edgar Wallace zu einem Vieraugengespräch in die Küche zurück. Den Wissenschaftler ließ er so lange unter Bewachung im Speisezimmer schmoren.

»Die Verletzung scheint glücklicherweise nicht lebensgefährlich zu sein. Wie es scheint, wird Ihr Mann davonkommen.«

»Vielen Dank für Ihre rasche Hilfe. Offensichtlich hat sich der mutmaßliche Mörder von Dorothy Lawrence hier in der Wohnung aufgehalten. Wir mussten die Tür aufbrechen. Das führte zu einer kurzen Verzögerung. Diese Zeit hat der Täter genutzt, um aus dem Fenster zu klettern. Der Posten war unaufmerksam oder wurde abgelenkt. Der Verbrecher hat ihn niedergestochen und ist im Nebel entkommen. Vorläufig jedenfalls. Es wurde inzwischen eine Großfahndung ausgelöst. Sie haben es sicherlich bereits erraten: Bei dem alten Mann eben am Tisch handelt es sich um Dr. Craig. Ihm gehören sowohl die Wohnung als auch der Telefonanschluss.«

Als die beiden Männer in das Speisezimmer traten, hatte sich das Stimmungsbild von Dr. Craig inzwischen erneut verändert. Er hielt beide Arme vor der Brust verschränkt und kippelte ganz leicht mit seinem Stuhl. Er wirkte auf den ersten Blick wie ein bockiges Kind. »Meine Nase ist gebrochen, ich habe eine Gehirnerschütterung erlitten und zwei meiner Rippen sind angeknackst. Ich verlange, sofort einem Arzt vorgestellt zu werden.«

»Da sind Sie bei mir genau an der richtigen Adresse«, antwortete Edgar Wallace. »Eben habe ich unten auf der Straße einem Polizisten das Leben gerettet. Das hoffe ich zumindest in Ihrem Interesse. Denn wenn er sterben sollte, werden Sie wegen Beihilfe zum Mord angeklagt, weil Sie dem Messerstecher Unterschlupf gewährt hatten.«

»Darüber hinaus haben Sie die Flucht des Täters überhaupt erst ermöglicht, weil Sie mir auf mein Verlangen hin nicht unverzüglich die Tür öffneten«, setzte der Chefinspektor hinzu. »Ach so, mein lieber Wallace, ich vergaß, Sie einander vorzustellen. Dieser leicht lädierte Gentleman hier ist Dr. Leslie Craig. Er sieht etwas anders aus, als ihn die Zeugin beschrieben hat, und das liegt nicht allein an seinen frischen Blessuren. Auch Alter, Größe und Haarfarbe stimmen nicht.«

»Welche Zeugin?«, krähte der Wissenschaftler dazwischen. »Um was geht es hier eigentlich?«

Edgar Wallace legte Hut und Mantel ab, dann setzte er sich. »Kennen Sie einen glatt rasierten Mann von Mitte vierzig mit braunem Haar sowie braunen Augen, ohne jede äußere Auffälligkeit wie beispielsweise jene Narbe auf Ihrer linken Wange?«

»Was ist denn das für eine blöde Frage? Sie wissen doch ganz genau, dass diese Beschreibung hundertprozentig auf meinen Assistenten Henry Arthur Milton zutrifft. Aber der scheint inzwischen über alle Berge zu sein, und ich weiß beim besten Willen nicht, wo er abgeblieben sein könnte.«

»Besitzen Sie eine Fotografie von diesem Mister Milton?«, wollte der Chefinspektor wissen.

»Er war mein Assistent, und nicht mein Liebhaber, damit das klar ist. Ich habe also kein Lichtbild von ihm auf meinem Nachttisch stehen. In meinem Fotoalbum sind jedoch einige Gruppenaufnahmen aus dem Institut enthalten. Ich will mal nachsehen. Ganz bestimmt können wir ihn auf einer dieser Aufnahmen entdecken.« Dr. Craig erhob sich, um das Album zu holen. Der Inspektor begleitete ihn.

Das Album war in Leder gebunden und so sorgsam geordnet, wie es sich für einen Wissenschaftler geziemte. Dr. Craig hatte alle Aufnahmen chronologisch gelistet, mit Datum und kurzen Kommentaren versehen. Es gab auch mehrere aktuelle Gruppenbilder. Das erste zeigte eine Bootsfahrt auf der Themse, das zweite ein geselliges Beisammensein im Garten des Instituts und das dritte ein Galadiner im Nobel-Restaurant *Locknut*. Auf keiner der Fotografien war der Mann, der sich Henry Arthur Milton nannte, deutlich zu erkennen. Mal wurde sein Gesicht von einer anderen Person halb verdeckt, mal wendete er sich von der Kamera ab, mal war die Aufnahme verschwommen. Es hatte den Anschein, als wollte es Milton um jeden Preis vermeiden, porträtiert zu werden.

»Welche Funktion hatte dieser Mister Milton an Ihrem Institut?«, fragte Edgar Wallace.

»Ich bin der Direktor. Er war mein Assistent.«

»Demzufolge hatte er all diejenigen Dinge zu erledigen, die Ihnen zuwider waren?«

»So könnte man es in etwa ausdrücken.«

»Seit wann stand er in Ihren Diensten?«

»Er kam mit einem Empfehlungsschreiben von Professor Tarling aus Glasgow zu mir. Wir haben eine Weile miteinander geplaudert. Milton verfügte über ein erstaunliches Wissen. Außerdem war er finanziell unabhängig. Er verlangte kein Gehalt. Mir kam das sehr zupass. Die mir zustehenden Mittel sind sehr begrenzt. Also habe ich die Assistentenstelle für ihn geschaffen und es nicht bereut, jedenfalls anfänglich nicht. Das war in etwa vor einem Monat.«

»Wann ist er bei Ihnen eingezogen?«, hakte Edgar Wallace nach.

»Gar nicht. Mister Milton verfügt über eine eigene Wohnung. Als mein Assistent hat er sich zwar sehr häufig hier in diesen Räumlichkeiten aufgehalten. Ab und zu, wenn es sehr spät wurde, durfte er das Gästezimmer benutzen.«

»So wie gestern?«

»So wie gestern.«

»Wann und wo wurde Mister Milton geboren? Wie lautet seine Adresse. Wo hat er studiert?«

»Das kann ich Ihnen gar nicht aus dem Kopf sagen. Dazu muss ich in den Unterlagen nachschauen. Sie befinden sich im Sekretariat des Instituts.«

Der Chefinspektor fragte: »Ein gewisser Samuel Wordsworth hatte Sie vor einigen Wochen um einen Gefallen gebeten. Er wollte, dass Sie für ihn eine alte Maya-Inschrift übersetzen.«

»Das stimmt. Dieser Wordsworth ist auf ein Geheimnis gestoßen, will aber nicht damit herausrücken.«

»Wissen Sie das, oder vermuten Sie es nur?«

Der alte Mann kratzte sich am Kopf. »Wordsworth hat behauptet, er habe die Schriftzeichen in Stein gemeißelt gefunden. Das kann aber nicht stimmen. Die Schrift der Maya ist hochkomplex, und es gibt mehrere Stufen. Gelesen und geschrieben werden konnte sie ohnehin nur vom Adel an aufwärts. Dem gemeinen Volk blieb sie verschlossen. Über den einfachen Adeligen standen die Fürsten, darüber die Könige und ganz oben an der Spitze der Pyramide die Hohepriester. Letztere wiederum glaubten fest daran, durch bestimmte Rituale die Zukunft beeinflussen zu können. Dies durfte natürlich nicht jeder erfahren. Lediglich die für die Adeligen bestimmten Glyphen wurden in Stein gemeißelt. Die anderen Aufzeichnungen standen auf Pergamentrollen oder in geheimen Büchern.«

»Ich verstehe nicht ganz.«

»Das Ganze könnte man mit einem Kinderbuch und einem Algebra-Lehrbuch vergleichen. In dem Algebra-Lehrbuch finden sich sämtliche Buchstaben aus dem Kinderbuch wieder, darüber hinaus aber auch noch viele Sonderzeichen. Jeder gebildete Mensch, der ein Algebra-Lehrbuch lesen kann, kann auch ein Kinderbuch lesen – aber umgekehrt ist es völlig unmöglich.«

»Aha, ich glaube, ich begreife es jetzt. In der Botschaft, die Mister Wordsworth von einer steinernen Inschrift abgepaust haben will, befanden sich Buchstaben, die dort nicht hingehörten?«

»Ganz genau.«

Edgar Wallace erkundigte sich: »Und das hat Mister Wordsworth nicht gewusst?«

»Nein, dieses Wissen erfordert eine große Gelehrsamkeit. Mister Wordsworth ist zwar Mitglied der Archäologischen Gesellschaft, aber ein absoluter Laie. Seine gesamten Kenntnisse auf diesem Gebiet hat er sich im Selbststudium angeeignet. Und das ist in etwa so, als würde ein Kriminalschriftsteller, der von ausgedachten Geschichten lebt, auf einmal die Arbeit eines gestanden Inspektors von Scotland Yard übernehmen wollen.«

Edgar Wallace lächelte finster. Er wusste nicht, ob es sich bei dieser Bemerkung um einen Zufallstreffer oder um einen gezielten Schlag in die Magengrube handelte. »Sie haben vorhin angedeutet, dass Sie in letzter Zeit mit Ihrem Assistenten nicht mehr so recht zufrieden seien. Woran hat das gelegen?«

»Ein Assistent des Institutsdirektors muss sich in erster Linie um die technischen Abläufe kümmern, Studienlisten schreiben und Sitzungsprotokolle schreiben. Diese Arbeit hat Mister Milton in den letzten beiden Wochen sträflichst vernachlässigt. Nach seinem perfekten Start war er nur noch im *British Museum* unterwegs und hat sich mit dem Nachlass von Professor Bowen beschäftigt. Ich habe an sich nichts dagegen. Dieses Interesse ehrt ihn sogar, denn Professor Bowen war ein bedeutender Gelehrter und Forschungsreisender. Aber Milton hat keinen Unterschied mehr zwischen Arbeit und Freizeit gemacht. Deshalb wollte ich ihn eigentlich schon vor die Tür setzen.«

»Haben Sie inzwischen einmal Kontakt zu Professor Tarling aus Glasgow aufgenommen, um ihn über Mister Milton zu befragen?«

Dr. Craig sah Edgar Wallace verwundert an. »Wissen Sie nicht, dass Professor Tarling vor einigen Wochen, also in etwa zur selben Zeit, als Mister Milton bei mir vorstellig wurde, bei einem Autounfall ums Leben gekommen ist?«

»Noch eine letzte Frage: Wobei haben Sie sich diese Wunde an Ihrer Wange zugezogen? Sind Sie auch einem Messerstecher begegnet?

Dr. Craig lächelte. »Es handelt sich um eine Jugendsünde. Ich habe einige Jahre in Deutschland studiert und war dort einer schlagenden Verbindung beigetreten. Deren Ehrenzeichen ist ein Schmiss. Einen solchen habe ich mir auf dem Fechtboden eingehandelt.«

10. Kapitel

»Immer schon sind die Männer Sklaven
ihres Ehrgeizes und ihrer Eitelkeit gewesen.«

Edgar Wallace, *Das Buch der Allmacht*

Das Netz zieht sich zu

Mit Verlaub gesagt«, meinte Violet morgens beim Frühstück, »glaube ich, dass dieser Mister Wordsworth ein ziemlicher Idiot ist. Er hält sich für einen begnadeten Wissenschaftler, obwohl er lediglich ein besserer Amateur ist. Außerdem behandelt er seine Leute schlecht. Das macht ihn mir von vorneherein unsympathisch. Der goldene Zwerg ist ihm wie eine reife Pflaume in den Schoß gefallen. Er hat ihn nicht verdient, Bussibärchen.«

»Erstens besitzt er die Statue inzwischen nicht mehr, und zweitens verdient sie dieser angebliche Mister Milton noch viel weniger. Ich denke, dass Professor Tarling aus Glasgow von ganz allein hinter das Geheimnis gekommen ist und sein Unfall deshalb kein Zufall war. Ich muss dringend zu den anderen drei Gelehrten Kontakt aufnehmen. Sie wissen ganz bestimmt etwas, was uns weiterhelfen kann. Aber ich verspüre nicht die geringste Lust, nach Cambridge, Oxford und Aberdeen zu reisen.«

»Schnäuzelchen, das brauchst du auch gar nicht. Seit Kurzem – ich glaube, seit dem Jahr 1876 – gibt es einen Apparat, der deine Worte in Sekundenschnelle von London bis nach Aberdeen tragen kann. Diese verblüffende Erfindung nennt sich ›Telefonapparat‹.«

»Das ist eine sehr gute Idee. Könntest du diese Kleinigkeit bitte für mich übernehmen?«

»Ich stehe leider nicht zur Verfügung, liebster Mümmel. Mein Tag ist komplett verplant«, erwiderte Violet. »Morgen Nachmittag tritt nämlich das Damenkränzchen zusammen, um die letzten Vorbereitungen für den traditionellen Handarbeitswettbewerb zu treffen. Bis dahin muss ich den Pullover fertig gestrickt haben, sonst werde ich zur *persona non grata* erklärt. Aber du musst nicht traurig sein. Ich kenne jemanden, der förmlich darauf brennt, dir diese Arbeit abzunehmen.«

»Wer sollte das sein?«, rätselte Edgar Wallace.

»Der gute Robert Curtis, seit 1918 dein Privatsekretär, mein Kuschelwuschel. Die letzten Tage hast du ihn sträflich vernachlässigt. Der Ärmste wird bereits vor Langeweile sterben.«

Kaum hatte sie die Worte ausgesprochen, da klopfte es schon an der Tür, und wie auf das Stichwort trat Robert Curtis ein. Der Sekretär war ein schlanker, großer Mann von vierzig Jahren mit spärlichem Haarwuchs. Vor Kurzem hatte er einen landesweiten Wettbewerb gewonnen und durfte sich seitdem »Schnellster Stenograph Großbritanniens« nennen. »Sir, entschuldigen Sie bitte, dass ich so ungerufen hereinplatze, aber es gibt wichtige Dinge zu besprechen, die keinen Aufschub dulden.«

Der Meister winkte ab. Er wusste, was jetzt kommen würde. Der Verlag *Hodder & Stoughton* wartete dringend auf das neue Buchmanuskript, und das *Strand Magazine* auf den längst überfälligen zweiten Teil einer Fortsetzungsgeschichte.

An seinen Kriminalromanen arbeitete Edgar Wallace nach einem strengen Ritual. Die schöpferischste Zeit begann für ihn morgens um vier Uhr. Bis dahin beschäftigte er sich mit anderen Dingen oder schlief ein, zwei Stunden. Er kam mit sehr wenig Schlaf aus, konnte auf Befehl die Augen schließen und wurde ohne Wecker wach. Dann streifte er sich bequeme Hausschuhe über, schlüpfte in seinen rot geblümten Morgenrock, legte sich eine bis zum Rand gefüllte Zigarettendose und seine Zigarettenspitze zurecht (sie sollte verhindern, dass ihm der Rauch in den Augen brannte) und goss sich eine gute Tasse Tee ein. Anschließend lief er brummelnd im Zimmer auf und ab. Er zermarterte sein Hirn, suchte nach einem Einfall, nach einer Inspiration. Diese zermürbende Prozedur konnte stundenlang dauern.

Dann irgendwann – manchmal früher, manchmal später – stöhnte Edgar Wallace befriedigt auf. Die Idee war da! Er setzte sich an den Schreibtisch und brachte in großer Geschwindigkeit handschriftlich 2.000 bis 3.000 Worte zu Papier – das letzte Kapitel. Sobald er damit fertig war, rief er seinen Sekretär zu sich und erzählte ihm den ungefähren Inhalt des Buches. Robert Curtis musste erraten, wer der Mörder war. Wenn es ihm gelang, fluchte sein Chef: »Hoffentlich sind nicht alle Leser so brillant!«

Doch so oder so, der Schriftsteller setzte sich an ein Dictaphon und begann das erste Kapitel anzusagen. Er konnte ununterbrochen, ohne eine Pause zu machen oder den Faden zu verlieren, Seite für Seite diktieren, so als ob er ein Manuskript vor sich liegen hätte, exakt 2.400 Worte pro Stunde, sechzehn Stunden hintereinander, bis zum Ende. Und wenn er dann zum Schluss kam, hatte er entsprechend den Einwänden seines Sekretärs die gesamte Handlung so geschickt verändert und eine völlig andere Person zum Schurken gemacht, dass nur noch die Namen ausgetauscht werden mussten.

Häufig unterbrach Edgar Wallace auch die Arbeit an einem Buch und sagte: »Hey, Curtis, spannen Sie ein neues Blatt Papier ein. Nun folgt ein wichtiger Rennbericht, der nicht länger warten kann, weil er noch heute in die Redaktion gebracht werden muss.« Sobald der Artikel zu Ende war, diktierte er den Roman weiter, und zwar auf den Punkt genau an jener Stelle, an der er eine Stunde zuvor aufgehört hatte.

Die Vorteile des Diktierens lagen auf der Hand. Zum einen war es die schnellste Variante, ein Buch zu verfassen. Zum anderen musste sich der Meister nicht mit Rechtschreibung und Zeichensetzung belasten (mit denen er als Autodidakt Zeit seines Lebens auf Kriegsfuß stand). Der Nachteil bestand darin, dass er manchmal einige wichtige, zu Beginn des Romans eingeführte Personen im weiteren Verlauf der Handlung völlig vergaß. Sein Sekretär bügelte einfache Patzer wie Namensverwechslungen (aus einem Mr. Smith wurde zwanzig Seiten später ein Mr. Blacksmith) selbststän-

dig aus, doch er durfte keine zusätzlichen Handlungs-
stränge einflechten. Edgar Wallace aber weigerte sich
schlichtweg, einen von ihm als beendet bezeichneten
Kriminalroman noch einmal zu überarbeiten. »Wir
dürfen dem Leser nicht seine Phantasie nehmen«,
pflegte er seine Faulheit fadenscheinig zu bemänteln.

Es gab nur zwei Menschen, die eine von Edgar Wallace besprochene Diktatwalze fehlerfrei abschreiben
konnten: seine Ehefrau und sein Sekretär. Das lag vor
allem daran, dass der Meister mit seiner heiseren Rau-
cherstimme gleichförmig und ohne jede Artikulation
sprach und außerdem viele Worte falsch betonte. In
einer Nacht verbrauchte er gut und gerne dreißig bis
vierzig Tassen Tee sowie achtzig Zigaretten.

* * *

Edgar Wallace bereute es inzwischen schon längst, dass
er die Telefonanrufe nicht selbst getätigt hatte. Nun saß
er wie auf Kohlen und konnte absolut nichts unternehmen. Scotland Yard meldete sich nicht. Demzufolge
befand sich Milton nach wie vor auf der Flucht.

Samuel Wordsworth, dieser Versager, hatte die Fach-
zeitschriften angeblich noch nicht nach Fotografien von
Tickler durchforsten können, weil ihn dringende
Geschäfte in der Bank von dieser überaus wichtigen
Aufgabe abhielten. Selbst der getreue Robert Curtis war
überfällig. Doch solange Edgar Wallace unter diesem
großen seelischen Druck stand, fühlte er sich außerstande, an einem seiner Projekte zu arbeiten. Er ballte die
Fäuste und boxte nach einem imaginären Gegner.

Bald darauf wurde der Meister von seinen Leiden erlöst. Robert Curtis wusste interessante Neuigkeiten zu berichten: »Ich konnte keinen der drei Herren telefonisch erreichen. Professor James Selford, der Soziologe aus Oxford, und Dr. Richard Lyne, der Ethnologe aus Cambridge, haben in der vorigen Woche gemeinsam eine außerplanmäßige und selbst finanzierte Forschungsreise nach Guatemala angetreten. Dr. Raymond Tickler, der Humangeograph aus Aberdeen, hat vor einem guten Monat unbezahlten Sonderurlaub genommen und ist mit unbekanntem Ziel abgereist.«

»Sehr gut gemacht, mein lieber Curtis. Das sind außerordentlich wichtige Neuigkeiten für mich«, lobte ihn Edgar Wallace.

»Sir, wenn Sie erlauben, werde ich mich jetzt in der Universitätsbibliothek auf die Suche nach der gewünschten Porträtaufnahme von Dr. Tickler machen und dazu die einschlägigen Fachmagazine durchforsten. Dürfte ich mir dazu Ihren Rolls-Royce und den Chauffeur Graham Fowles ausleihen, um mir ein schnelleres Fortkommen zu ermöglichen?«

»Nur zu, mein guter Curtis. Ich erwarte Sie schnellstens zurück.«

Der Meister wunderte sich über den seltsamen Zufall, dass von den fünf Maya-Sprachgelehrten bis auf Dr. Leslie Craig alle anderen vier entweder tot oder unerreichbar waren. Was hatte das bloß wieder zu bedeuten? Er beschloss, Violet in ihrer Strickstunde zu stören.

Seine Gattin hatte sich in den Wintergarten zurückgezogen, der inzwischen wie eine Kurzwarenhandlung anmutete. Auf dem Dielenboden, auf den Tischen,

Schränken und Korbmöbeln lagen Dutzende bunter Wollknäuel, Scheren, Stricknadeln und Anleitungsbögen verstreut.

Violet war dem Weinen nah. Sie hatte den Pullover in der Doppelstrick-Methode begonnen und dabei zwei verschiedenfarbige Wollfäden gleichzeitig verwendet. Bei einer der unteren Maschen war sie durcheinander gekommen, und nun stimmte das Muster nicht mehr. Nun gab es zwei Möglichkeiten: Entweder sie trennte alles wieder auf, dann würde sie bis zum nächsten Tag kaum fertig werden, oder sie stand zu ihrem Fehler und würde Hohn und Spott ernten.

Edgar Wallace half seiner Gattin mit einem pragmatischen Vorschlag aus der Patsche: »Jim, ich an deiner Stelle würde jetzt das Strickzeug beiseite packen und morgen der staunenden Damenwelt jenen blau-weiß gestreiften Seemannspullover präsentieren, den du im Frühjahr für unseren Junior angefertigt hattest. Er hat ihn kaum getragen. Das gute Stück dürfte deshalb noch wie neu aussehen.«

»Das wäre Betrug, du kleines Teufelchen!«

»Inwiefern sollte das Betrug sein? Steht dergleichen in der Magnum Charta der Strickliesl aus Bourne End?«

»Nun gut, ich werde darüber nachdenken. Nun lass uns über dein Problem reden, Schnuffel, denn aus freien Stücken wirst du wohl kaum deinen Kopf hier in dieses Chaos gesteckt haben.«

Edgar Wallace berichtete seiner Gattin von den seltsamen Auskünften, die Robert Curtis bei seinen Überlandgesprächen eingeholt hatte. »Ich kann mir keinen

Reim auf diese seltsamen Zufälle machen«, meinte er abschließend.

Violet sprang auf, lief eine Weile im Wintergarten auf und ab, dann hatte sie die Lösung: »Samuel Wordsworth ist dumm. Die Gelehrten hingegen sind klug. Nicht nur Dr. Craig, sondern auch die anderen vier haben sofort erfasst, dass ihnen der Bankier einen riesigen Bären aufbinden wollte. Sie deuteten die Schriftzeichen als das, was sie sind, nämlich als einen ernst zu nehmenden Hinweis auf einen versteckten Schatz. Deshalb musste Professor Tarling sterben. Wir wissen nicht, wie gründlich sich Mister Wordsworth mit dem Nachlass von Professor Bowen beschäftigt hat. Außerdem ist er ein Amateur mit rudimentären Kenntnissen. Wenn die vier Wissenschaftler im British Museum waren – und das sollten wir bis zum Beweis des Gegenteils als Tatsache ansehen – werden sie auf jeden Fall systematischer als er vorgegangen sein. Der Bankier suchte lediglich nach einer Bestätigung, dass der goldene Zwerg aus dem Nachlass von Professor Bowen stammte. Nachdem er die Gewissheit hatte, war der Fall für ihn erledigt. Ich denke, Lyne, Selford, Tarlin und Tickler haben – entweder jeder für sich, oder alle vier gemeinsam – etwas gefunden, das Wordsworth übersehen hatte. Für Selford und Lyne war die Entdeckung elementar genug, sich sofort auf den Weg und auf die Suche zu machen, selbst ohne goldenen Zwerg und Schatzkarte. Ich glaube auch kaum, dass Dr. Raymond Tickler, der Humangeograph aus Aberdeen, seinen Urlaub in einem Sanatorium in der Schweiz verbringen wird. Entweder der Hexer hat auch Dr. Raymund Tickler umgebracht oder ...«

»... oder Dr. Raymund Tickler gibt sich als Henry Arthur Milton aus!«, vollendete Edgar Wallace den Satz. »Ob so oder so, auf jeden Fall befindet sich Samuel Wordsworth in höchster Lebensgefahr. Im Gegensatz zu Selford und Lyne hat der Hexer offenbar nicht die Absicht, ohne die Schatzkarte abreisen zu wollen. Ich muss sofort Chefinspektor Osborne telefonisch benachrichtigen und dann in die Stadt zur Bank fahren. Aber Curtis ist mit dem Rolls unterwegs. Ich werde Robert Downs bitten müssen, mich mit dem Ford Town-Car zu fahren.«

Aber nicht doch, du Schusselchen. Jetzt, wo mein Pulloverproblem gelöst ist, habe ich wieder Zeit. Ich kann dich mit dem Roadster bringen.«

Edgar Wallace wurde aschfahl im Gesicht. Er war ein Mann, der vor nichts Angst hatte – außer vor einer Spritztour mit dem Roadster, der flach wie ein Brett auf der Straße lag, weder über eine Heizung noch eine nennenswerte Federung verfügte und eine irrsinnige Geschwindigkeit entwickelte. Hinzu kam, dass sich der Meister zwar mit einiger Mühe auf den Beifahrersitz quetschen, aber nie und nimmer das Fahrzeug aus eigener Kraft verlassen konnte. Ein Hebekran würde in jedem Fall willkommen sein. Doch als Edgar Wallace das Leuchten in den Augen seiner Frau sah, stimmte er zu.

* * *

Die *City Bank of London* befand sich mitten im Zentrum und lag nur einen Steinwurf weit von der *Bank of Eng-*

land entfernt. Das Bankgebäude war von seiner Kubatur und seiner äußeren Gestaltung her dem *Erechtheion,* jenem Tempel im ionischen Baustil auf der Akropolis in Athen, nachempfunden worden. Um in das Innere zu gelangen, musste Edgar Wallace eine Vielzahl von Sandsteinstufen erklimmen und eine breite Säulenhalle durchqueren. Der Empfangstresen hatte die Größe von einem quer liegenden Autobus und bestand aus schwarz geädertem Marmor sowie aus auf Hochglanz poliertem, blaugrünem Gabbro-Gestein, Messingzierleisten und Blattgoldapplikationen.

Er hätte zweitausend Pfund Vorschuss verlangen sollen, dachte sich Edgar Wallace insgeheim, als er diese maßlose Verschwendung sah.

Obwohl er stets Wert auf gute Kleidung legte, bei den besten Schneidern und Schuhmachern Londons verkehrte und lediglich seine Leibwäsche von der Stange kaufte, hatte die Dame an der Rezeption nur ein mitleidiges Lächeln für ihn übrig. Für den Meister war damit das Maß der zumutbaren Demütigung überschritten, zumal er dem Sportwagen seiner Gattin nur mit Hilfe von zwei kräftigen Passanten hatte entsteigen können. Violet wollte ihren Gatten in einer Stunde wieder abholen.

Edgar Wallace nahm seinen Regenschirm in die rechte Hand und knallte den Griff aus Büffelhorn auf den Tresen. Es klang, als wäre ein Schuss abgefeuert worden. Das Echo brach sich an den Wänden.

»Mister Wallace für den Direktor. Ich werde erwartet.«

»Bedaure Sir«, erwiderte die Gebieterin des Tresens mit zusammengepressten Lippen. »Mister Wordsworth befindet sich in einer Besprechung.«

»An der teilzunehmen ich gebeten wurde. Und nun hopp, hopp, hopp. Führen Sie mich nach oben.«

Das übernahm die Empfangsdame jedoch nicht selbst, sondern ein Boy in einer roten Uniform, die einem General der Royal Fusiliers alle Ehre gemacht hätte. Der Fahrstuhl besaß einen Boden aus Thassos-Marmor und war rundum mit venezianischen Spiegeln versehen, in denen sich die Gestalt des Meisters auf allen Seiten gleich hundertfach brach. Edgar Wallace hatte auf diese Weise das Vergnügen, seinen Hinterkopf betrachten zu können. Er bemerkte unter anderem, dass sein Nacken wieder einmal dringend ausrasiert werden musste. Wahrscheinlich hatte das die Dame am Empfang auch bemerkt.

Um in das Büro von Samuel Wordsworth zu gelangen, musste der Meister zwei Vorzimmer durchschreiten. Dann trat er in das Allerheiligste. Es besaß in etwa die Ausmaße eines Lesesaals in der *British Library* und war ähnlich mit Lesecken, übermannshohen Bücherregalen, einer Galerie und Messinglampen mit grünen Schirmen ausgestattet. In einer Sitzgruppe am Kamin, die aus halbhohen, abgesteppten Lesersesseln bestand, hatten drei Herren Platz genommen. Zwei von ihnen saßen seltsam steif auf ihren Plätzen und schauten ihm erwartungsvoll, aber schweigend entgegen. Edgar Wallace erkannte den Bankier Samuel Wordsworth und den Chefinspektor David Osborne. Der dritte Gentleman war ihm fremd. Er hatte, soweit er auf die Entfernung hin erkennen konnte, braune Augen und braunes Haar. Es schien sich um Henry Arthur Milton und bei dem metallisch funkelnden

Gegenstand, den er in seiner Hand hielt, um einen Revolver zu handeln.

»Herzlich willkommen, Mister Wallace«, rief der Hexer. »Wir haben Sie bereits erwartet. Gestatten Sie, dass ich mich Ihnen vorstelle. Mein Name ist Dr. Tickler.«

»Tut mir leid, meine Herren«, antwortete der Meister und trat den Rückzug an. »Ich habe mich in der Tür geirrt.«

»Bitte bleiben Sie bei uns. Anderenfalls müsste ich auf Sie schießen, und das würde ich sehr bedauern«, antwortete Milton.

»Keine Chance. Die Entfernung ist zu groß. Sie würden mich verfehlen. Vor Kurzem wurde mir von jemandem erklärt, dass ein .22er Revolver nur für die kurze Distanz geeignet ist.«

»Sie wurden angelogen. Lassen Sie uns die Probe aufs Exempel machen.«

Das wollte Edgar Wallace nun auch wieder nicht. Mürrisch trat er näher.

Der Hexer stand auf und verbeugte sich theatralisch. Der Bankier und der Chefinspektor blieben sitzen. Selbst wenn sie gewollt hätten, wäre es ihnen unmöglich gewesen, sich zu erheben. Dr. Tickler hatte ihre Füße mit einer reißfesten, dünnen, braunen Schnur an den Sesselbeinen und ihre Arme an den Lehnen festgebunden. Die beiden Herren sahen reichlich unglücklich aus. Sie konnten auch nicht sprechen. Der Hexer hatte jedem eine Socke in den Mund gestopft. Der Meister hoffte in ihrem eigenen Interesse, dass es sich dabei nicht um die jeweilige Socke des Sitznachbarn handelte.

»Sie wissen ja noch aus Berlin, dass ich große Auftritte liebe. Mister Wordsworth war bereits so freundlich, mir das Originaldokument auszuhändigen. Nicht, dass ich es tatsächlich gebraucht hätte. In Professor Bowens Nachlass fand ich nämlich eine exakte Abschrift, ebenso eine Anleitung, wie die Statue zu öffnen sei. Aber man kann ja nie wissen. Vorsicht ist besser als Nachsicht. Nun wollen wir noch eine Weile miteinander plaudern, gute Zigarren und Whisky genießen, ganz nach der Art von wahrhaften Gentlemen. Ich habe sogar vor, Sie alle drei am Leben zu lassen – immer vorausgesetzt, Sie benehmen sich anständig.«

Edgar Wallace erwiderte: »Das hört sich gut an. Ich habe Ihr Wort?«

Dr. Tickler nickte.

Als der Meister nah genug herangekommen war, drückte er den Derringer ab. Der Schuss ging durch die Manteltasche schräg nach unten und traf den Hexer im Knie. Mit einem Aufschrei, der sich aus Schmerz, Wut und Überraschung zusammensetzte, ging der Mann, der sich mit Zweitnamen Arthur Henry Milton nannte, zu Boden. Die Waffe entglitt seiner Hand.

Edgar Wallace kickte den Revolver beiseite. »Ich möchte die Herren nun von ihren Fesseln befreien. Dazu benötige ich ein scharfes Messer. Ich weiß aus zuverlässiger Quelle, dass Sie eines bei sich tragen. Ziehen Sie es aus Ihrer Tasche und legen es vor sich auf dem Fußboden ab. Aber bitte seien Sie vorsichtig. Mein Derringer ist zweischüssig, und der Abzug juckt wie verteufelt in meiner Hand.«

Der Hexer tat, wie ihm geheißen. »Ich benötige dringend ärztliche Hilfe«, flüsterte er matt. »Sonst verblute ich.«

»Immer eins nach dem anderen. Die Hilfe ist bereits da. Ich war früher Sanitäter. Es ist neuerdings mein Hobby, den Lebensretter zu spielen.« Edgar Wallace schnitt zuerst den Chefinspektor los.

David Osborne riss sich voller Abscheu die Socke aus dem Mund. Es war wohl doch nicht seine eigene gewesen. Dann ließ er beim Hexer die Handschellen zuschnappen.

Nachdem auch der Bankier befreit war, legte Edgar Wallace dem Verletzten einen Druckverband an. Er nahm sein silbernes Reserve-Zigarettenetui dazu. »So, die Wunde ist versorgt. Sie sind dem Tod noch einmal von der Schippe gesprungen. Aber ich bin Ihnen noch eine Erklärung schuldig. In meinen Büchern hätte die Geschichte einen völlig anderen Ausgang genommen. Ich wäre unbewaffnet hereinspaziert gekommen und von Ihnen nach einem Kampf auf Leben und Tod überwältigt worden. Es hätte ein langes Palaver gegeben. Sie wären in Anbetracht Ihres Sieges wie euphorisiert gewesen. Sie hätten ein umfassendes Geständnis abgelegt und uns Ihre sämtlichen Motive haarklein erläutert. Aber dann, im Moment Ihres höchsten Triumphes, wäre ganz überraschend ein Retter in der Not erschienen. Die Leser lieben solche jähen Wendungen. Sie sind förmlich süchtig danach. Doch im wahren Leben wollte ich es nicht darauf ankommen lassen. Bislang habe ich nämlich mein Schicksal immer in die eigenen Hände genommen.«

11. Kapitel

»Staatsanwalt Hilary George nahm an der Verhandlung mit seinen Kollegen teil, aber nur als Zuhörer. Er war gespannt, wie Sir Ralph die Verhandlung leiten würde.«

Edgar Wallace, *Die vierte Plage*

Henkersmahlzeit

London, Juni 1930

Ein Straftäter, der sich vor der Justiz verantworten muss, hat im Prinzip drei Möglichkeiten, wie er sich verhalten kann: Entweder legt er ein umfassendes Geständnis ab und kooperiert vorbehaltlos mit der Staatsanwaltschaft, um das Gericht möglichst milde zu stimmen. Oder er verweigert die Aussage, wenn die Beweislage sehr dünn ist. Oder aber er wählt den goldenen Mittelweg und gibt nur das zu, was zu leugnen keinen Sinn ergibt.

Dr. Tickler alias der Hexer entschied sich für die dritte Variante, als er im Juni 1930 im Londoner Hauptkriminalgericht Old Bailey vor den Richterstuhl treten musste. Er plauderte freimütig über den Vorfall in der Bank, ansonsten litt er unter großen Erinnerungslücken.

Die Messerattacke auf den Polizisten konnte ihm nicht nachgewiesen werden. Ob die Enkelin vom Butler Robert Gaskell tatsächlich vergiftet worden war, oder aber doch nur Mumps gehabt hatte, ließ sich im Nachhinein nicht mehr feststellen. Der Tod von Professor Tarling spielte ohnehin keine Rolle. Er war von Anfang an vom Coroner als tragischer Unfall eingestuft worden.

Dr. Tickler stritt weiterhin energisch ab, jemals vor dem Oktober 1929 das Pseudonym Henry Arthur Milton verwendet zu haben oder gar als »Hexer« in Erscheinung getreten zu sein. Sein seltsames Handeln insgesamt versuchte er mit einem gesteigerten wissenschaftlichen Interesse zu begründen.

Ein Tatvorwurf nach dem anderen musste fallen gelassen werden. Es blieben drei Anklagepunkte übrig: Die Anstiftung zum Diebstahl des goldenen Zwerges, der Mord an Dorothy Lawrence und die bewaffnete Geiselnahme zum Schluss.

Bei der Anstiftung zum Diebstahl und bei der bewaffneten Geiselnahme standen genügend glaubwürdige Zeugen zur Verfügung. Aber bei der Ermordung des Dienstmädchens war die Beweislage äußerst dünn. Es gab keine konkreten Belege. Außerdem besaß Dr. Raymond Tickler für die Tatzeit ein Alibi, wenn es auch höchst fragwürdig war. Lange Zeit stand der Fall auf der Kippe.

Mehrere erfahrene Gerichtsreporter im Saal gingen deshalb am Ende der ersten Verhandlungswoche davon aus, dass der Mordvorwurf fallen gelassen werden müsse. In der Quintessenz würden lediglich die beiden anderen Verbrechen übrig bleiben. Summa summarum sei dann mit einer Höchststrafe von fünf Jahren Gefängnis zu rechnen.

Indessen sind in einem Gerichtssaal keine Götter zugange, sondern Menschen aus Fleisch und Blut. Den

Vorsitz als Richter führte Lord John Arranways, ein alter, dicker Mann, dessen Gesicht an das einer Bulldogge erinnerte und der auf verblüffende Weise Sir Winston Churchill ähnelte. Der Richter stand kurz vor seiner Pensionierung. Dies würde einer seiner letzten Fälle sein. Das gesamte Wesen von Dr. Raymond Tickler war ihm höchst zuwider. Er hielt ihn in allen Punkten für schuldig, auch wenn sich das schwerlich beweisen ließ. Lord Arranways hatte deshalb keineswegs die Absicht, den Abschluss seiner Karriere mit dem Freispruch eines heimtückischen Mörders zu krönen. Er manipulierte daher nach Leibeskräften, fegte alles entlastende Material vom Tisch und bauschte die schwachen Indizienbeweise gehörig auf. Das Ende vom Lied war, dass Dr. Raymond Tickler, der ehemalige Humangeograph aus Aberdeen, die mögliche Höchststrafe für seine Verbrechen erhielt: Tod durch den Strang.

Den Hexer hatte sein Glück verlassen. Von der reinen Rechtslehre aus betrachtet, handelte es sich um ein eklatantes Fehlurteil, weil es gegen den Grundsatz »Im Zweifel für den Angeklagten« verstieß. Doch niemand – von Dr. Tickler einmal abgesehen – verspürte auch nur im Entferntesten die Absicht, das Verdikt anzufechten.

Als der Hexer in Handschellen aus dem Gerichtssaal geführt wurde, rief er in die Richtung von Edgar Wallace, der als Zuschauer an der Verhandlung teilgenommen hatte: »Sir, wir treffen uns bald wieder. So wahr mir Großfürst Igor Stephanowitsch Jakulow helfe!«

Edgar Wallace erbleichte. In seinem im Jahr 1926 erschienen Detektivroman *Die Bande des Schreckens* hatte der zum Tode verurteilte Verbrecher Clay Shelton auf den Stufen zum Schafott allen Beteiligten blutige Rache geschworen. Es schien so, als würde er nach seiner Hinrichtung tatsächlich weiter leben: Der Staatsanwalt, der Richter und der Henker wurden einer nach dem anderen umgebracht. Am Ende war selbstverständlich kein Geist für die Morde verantwortlich gewesen, sondern ein Mensch aus Fleisch und Blut.

Dem Meister war jedoch wenig daran gelegen, eines Tages einem bis dahin unentdeckt gebliebenen Zwillingsbruder von Dr. Raymond Tickler zu begegnen, der eine Vorliebe für außergewöhnliche Mordmethoden besaß.

* * *

Im Mittelalter hatte die Todesstrafe eine doppelte Funktion gehabt: Sie diente der Sühne und der Abschreckung zugleich. Deshalb wurde sie gerne durch vorausgehende Qualen verschärft. Beliebte Hinrichtungsmethoden (jedenfalls bei den Scharfrichtern, keinesfalls bei den Delinquenten!) waren das Pfählen, das Rädern, das Verbrennen und das Vierteilen. Hängen, Köpfen oder Erschießen galten als behaglicher und schonender, weil der Todeskampf nur sehr kurz war. Es zählte deshalb als eine besondere Gunst, wenn ein Bösewicht, der gepfählt werden sollte, zum Tode am Galgen begnadigt wurde.

Insofern hatte der Hexer Glück, weil in Großbritannien die Todesstrafe seit Langem nur noch durch den Strang vollzogen wurde. Ob er tatsächlich froh darüber sein konnte, war eine ganz andere Frage.

Seine letzten Tage im Londoner Petonville-Gefängnis, einem sternförmigen Bau aus dem Jahr 1840, verbrachte Dr. Raymond Tickler in der Todeszelle, dem direkten Nachbarraum zur Hinrichtungskammer. Das Rechtsmittel war verworfen, ein Gnadengesuch abgelehnt worden. Der Hexer war kein religiöser Mensch. Er glaubte weder an ein Leben nach dem Tode noch an die Auferstehung des Herrn. Die Bibel, die auf seinem Nachttisch lag, benutzte er ausschließlich zum Erschlagen von Schaben. Doch Dr. Tickler war ein Hasardspieler. Er hatte immer den höchsten Einsatz gesetzt und meistens haushoch gewonnen. Bis auf das entscheidende letzte Mal. Da war der Sieg bereits greifbar nah gewesen. Und dann hatte er doch noch alles verloren. Schuld daran war einzig und allein seine große Gutmütigkeit gewesen. Er hätte Edgar Wallace gleich bei dessen Eintreten mit einem gut gezielten Kopfschuss das Lebenslicht ausblasen sollen. Nun war es zu spät.

Aber wer hart austeilte, der musste auch hart einstecken können. Der Hexer betrachtete deshalb die Sache pragmatisch. Im Gegensatz zu dem erbärmlichen Leben der Dorothy Lawrence war das Seinige reich und erfüllt gewesen.

* * *

Der Hinrichtungstermin rückte unerbittlich näher. Als Henkersmahlzeit bestellte sich Dr. Tickler zartes Roastbeef, einen Krug Bier und eine gute Zigarre. Der Gefängnisdirektor Wesley Mayford, ein dicker Mann von Ende vierzig mit roten Wangen, brachte das Tablett persönlich vorbei. Nachdem der Häftling seinen Teller geleert hatte, gönnte sich der Gefängnisdirektor ebenfalls ein Zigarre und unterhielt sich noch eine Weile mit dem Gentlemanverbrecher. Die meisten zum Tode verurteilten Übeltäter entstammten niederen Bildungsschichten und waren von roher und abstoßender Gemütsart. Insofern war das Gespräch mit diesem hochgebildeten Akademiker eine angenehme Abwechslung im harten Gefängnisalltag.

Die beiden Herren plauderten eine Weile über dieses und über jenes, dann meinte Dr. Tickler: »Ich hoffe, der Henker versteht sein Handwerk und verwendet keinen zu dünnen Strick, der mir den Kopf abreißt. Das würde ich als äußerst unangenehm empfinden.«

»Seien Sie unbesorgt, mein Lieber. Unser braver Jamens Cottonfield versteht sein Handwerk und hat stets sein eigenes Handwerkszeug dabei. Sie wissen ja, der Staat muss an allen Ecken und Enden sparen und kauft mitunter Stricke von minderwertiger Qualität, die ihr Geld nicht wert sind. Mister Cottonfiel hingegen verwendet ausschließlich beste Ware. Seine Stricke sind einen ¾ Inch dick, aus fünf Fäden erstklassigem, italienischem Hanf gedreht und besitzen eine bruchfeste Messingeinlage. Der brave Mann hat außerdem Ihre Einlieferungsunterlagen peinlich genau studiert und anhand Ihres Körpergewichts und Ihrer Größe die perfekte Fallhöhe berechnet. Das dumpfe Rumpeln vorhin wurde vom Henker verursacht, als er mithilfe eines Sandsacks die Probe aufs Exempel machte.«

»Wozu ist die Kenntnis der Fallhöhe wichtig?«, wollte der Hexer voller Interesse wissen.

»Wenn die Fallhöhe zu groß und das Seil zu dünn ist, dann passiert es sehr rasch, dass sich der Strick zu tief in den Hals eingräbt. Es gab Fälle in der Vergangenheit, da sind die Delinquenten jämmerlich verblutet.«

»Und das kann mir nun nicht mehr passieren?«

Der Direktor schüttelte den Kopf. »Nein, das ist völlig ausgeschlossen. Bei einer normal schweren Person würde das eigene Körpergewicht bei einer Fallhöhe von etwas mehr als anderthalb Yard dazu ausreichen, die Halswirbelsäule, die Adern, Sehnen und die Haut komplett abzureißen. In einem solchen Fall wäre der Gehängte komplett geköpft worden, und das ergäbe eine grenzenlose Sauerei. Sie glauben gar nicht, wie viel Mühe es macht, Blut von den Wänden zu waschen. Mister Cottonfield legt deshalb großen Wert darauf, die Fallhöhe von einem halben Yard nicht zu überschreiten. Um dafür Sorge tragen zu können, musste er selbstverständlich Ihre exakte Größe kennen.«

»Das leuchtet mir ein. Aber wenn die Fallhöhe zu gering ist, muss ich dann nicht länger leiden?«

»Keine Sorge, mein Lieber, das wird nicht passieren.« Der Gefängnisdirektor schmunzelte. »Die meisten Menschen glauben irrtümlich, die Erhängten würden jämmerlich ersticken. Doch es ist nicht an dem. Das Würgen mit einem Strick führt zwar ganz klar zu einer eingeschränkten Atmung, aber daran stirbt der Erhängte nicht, sofern Sachkunde waltete. Es sind ganz andere Faktoren, die zum Tode führen.«

»Welche da wären?«

»Durch die sich ruckartig zusammenziehende Schlinge wird der Blutfluss in den Halsschlagadern abrupt unterbrochen. Von einer Sekunde zur anderen erhält das Gehirn keinen Sauerstoff mehr und die sofortige Bewusstlosigkeit tritt ein. Darauf folgt ein rascher, völlig schmerzfreier Tod. Außerdem drückt das Seil den Zungengrund an die hintere Rachenwand und der Nasen-Rachen-Raum wird verschlossen. Durch die daraus resultierende starke Reizung des Halsnervengeflechts sackt der Blutdruck schlagartig ab. Der Organismus reagiert darauf in der Regel mit einem Herzstillstand. Schließlich und endlich bricht bei ausreichender Fallhöhe die Halswirbelsäule, was – wie Sie sich sicher denken können – gleichfalls tödlich ist.«

»Nun bin ich vollends beruhigt«, erwiderte der Hexer milde gestimmt. »Ich weiß mich in den besten Händen.«

»Sehr wichtig ist auch die genaue Position des Knotens. Darauf müssen Sie peinlich genau achten, falls der Henker abgelenkt sein sollte. Der Knoten muss nämlich exakt unter Ihrem linken Unterkiefer sitzen. Beim Fallen rutscht er nach rechts direkt unter das Kinn und reißt den Kopf ruckartig zurück. Dann treten die bereits genannten Folgen auf der Stelle ein. Befindet sich der Knoten jedoch unter dem rechten Unterkiefer – was Gott verhüten möge –, dann gleitet er nach hinten ins Genick, und Sie würden stranguliert werden. In einem solchen Fall kann der Todeskampf zehn bis zwanzig Minuten dauern.«

Dr. Tickler versprach, für die richtige Position des Knotens Sorge tragen zu wollen. Die beiden Männer schieden als gute Freunde. Der Hexer machte es sich auf seiner Pritsche für ein Nickerchen bequem. Morgens um drei Uhr wurde er geweckt.

Mister Cottonfield hatte tatsächlich an alles gedacht und sogar den genauen Standort über der Falltür mit zwei Kreidestrichen markiert.

»Ich habe viel Gutes von Ihnen gehört«, sagte Dr. Tickler zu ihm. »Sie sollen ein ausgezeichneter Fachmann sein.«

»Das freut mich zu hören«, entgegnete der Henker und stülpte ihm eine schwarze Kapuze über. »Nur noch ein wenig Geduld. Gleich erwartet Sie ein angenehmes Gefühl der Frische.«

Epilog

Von Professor James Selford, dem Soziologen aus Oxford, und Dr. Richard Lyne, dem Ethnologen aus Cambridge, wurde nie wieder etwas gehört. Ihre Expedition war während der Regenzeit im Dschungel in ein schweres Unwetter geraten, bei dem mehrere Flüsse über die Ufer traten. Die beiden Wissenschaftler gelten seitdem als vermisst.

Dr. Craig beendete äußerst abrupt seine wissenschaftliche Laufbahn und ging außer Landes. Seinen neuen Wohnort hielt er geheim.

Nach dem Ende des Strafverfahrens gegen Dr. Tickler erhielt Samuel Wordsworth den goldenen Zwerg zurück, der bei dem Verbrecher beschlagnahmt worden war.

Im Oktober 1930 waren die eigenen Forschungsarbeiten des Bankiers so weit gediehen, dass er glaubte, sich nun selbst auf den Weg machen zu können. Es wurde eine abenteuerliche Reise, die ihn über die USA, Mexiko, British Honduras bis nach Ciudad de Guatemala und von dort 300 Meilen nordwestlich bis auf die Hochebene von Huehuetanango führte. Die gleichnamige Stadt lag mehr als 2.000 Yards über dem Meeresspiegel nahe der Grenze zu Mexiko und war vom Gebirgszug der Sierra de los Cuchumatanes umgeben.

Samuel Wordsworth heuerte einen Einheimischen als Führer an. Der Bankier saß auf einem Pferd, der Mam-Maya lief zu Fuß. Bis zu den Ruinen von Zaculeu waren es nur einige wenige Meilen. Kurz vor der Tempelanlage scheute das Pferd. Samuel Wordsworth stürzte und zog sich eine schwere Kopfverletzung zu, als sein Schädel gegen einen Felsbrocken prallte.

Der Mam-Maya verband die Wunde, dann untersuchte er das Gepäck. *Chaac*, der Gott des Donners, des Regens, der Fruchtbarkeit und des Ackerbaus war endlich wieder nach Hause zurückgekehrt, so wie es die Prophezeiung vorhergesagt hatte.

Samuel Wordsworth starb einige Tage später im Hospital von Huehuetanango an Wundfieber, ohne noch einmal das Bewusstsein erlangt zu haben. Er fand seine letzte Ruhestätte auf dem Friedhof von Huehuetanago. Der Bürgermeister der Stadt veranlasste, dass die Habseligkeiten des Verstorbenen nach Großbritannien zurückgeschickt wurden. Die Kiste traf ein Jahr später in London ein. Sie enthielt lediglich Kleidung und Ausrüstungsgegenstände. Die Papiere und Tagebücher waren auf dem Transport verloren gegangen.

Edgar Wallace wurde für seine Arbeit gut bezahlt. Parallel dazu hatte er von den Anwälten des Bankiers gleich Anfang November 1929 eine Verschwiegenheits-erklärung vorgelegt bekommen. Darin musste er sich verpflichten, seine Erlebnisse in diesem Fall für sich zu behalten und sie keinesfalls – auch nicht anonymisiert oder auszugsweise – in einem Buch zu verwenden. Anderenfalls drohte ihm eine Klage wegen der Verletzung von Persönlichkeitsrechten.

Der Meister hielt sich strikt an diese Abmachung. Dies hinderte ihn jedoch nicht daran, innerhalb von zwei Tagen einen Kriminalroman zu verfassen, der Ende 1929 im Londoner Collins-Verlag unter dem Titel *Der goldene Hades* erschien. Darin ging es um echte und um gefälschte Banknoten, welche den Stempel eines Götzenbildes trugen und die von einem zwielichtigen Bankier in Umlauf gebracht worden waren.

Wolfgang Schüler

SHERLOCK HOLMES UND DIE LETZTE FAHRT DER LUSITANIA

Taschenbuch, 248 Seiten
ISBN 978-3-95441-225-9
9,90 EURO

Eine mörderische Schiffspassage

Im Frühjahr 1915 wütet in Europa der Erste Weltkrieg. Sherlock Holmes und Dr. Watson beenden ihre Amerikareise und wollen mit dem luxuriösen Überseedampfer Lusitania zurück nach Großbritannien reisen.

Die Überfahrt wird alles andere als eine Erholungsreise, denn mit den Reichen und Schönen hat sich auch ein Einbrecher an Bord geschlichen und raubt einen Safe nach dem anderen aus. Der Kapitän bittet den berühmten Detektiv um Hilfe, und Holmes läuft in diesem Fall zur Höchstform auf. Sehr schnell findet er heraus, dass sich außer dem Geldschrankknacker noch weit gefährlichere Verbrecher unter die Passagiere gemischt haben …

»Der Eindruck der tatsächlichen Existenz von Sherlock Holmes wird durch den fulminanten Plot am Schluss des Romans noch verstärkt…« (LITERRA, Florian Hilleberg)

KRIMINALROMAN

KBV

Franziska Franke

SHERLOCK HOLMES UND DAS GEHEIMNIS DER PYRAMIDE

Taschenbuch, 344 Seiten
ISBN 978-3-95441-261-7
9,95 EURO

Pistole, Pfeife, Pharaonen

Das berufliche Interesse an Mumifizierungstechniken der Pharaonenzeit führt den Meisterdetektiv in Begleitung seines zeitweiligen Assistenten David Tristram nach Ägypten.

In Alexandria angekommen erwartet ihn unverhofft der Auftrag des Ausgräbers Doktor Jones, die verloren gegangene historische Landkarte aus dem Besitz des Veteranen Major Wallace wiederzubeschaffen.

Holmes trifft auf den zwielichtigen koptischen Priester Menas, der nebenbei einen Kunsthandel betreibt und auf einen ebenso undurchsichtigen Kaufmann, der sich Saladin nennt. Doch noch bevor Holmes die verschwundene Landkarte wiederfinden kann, wird der Assistent des Majors auf dem Weg zu seiner Ausgrabungsstätte ermordet – ein Verbrechen, das natürlich Holmes' ungeteilte Aufmerksamkeit auf sich zieht.

»Jetzt muss es endlich mal gesagt werden: Arthur Conan Doyle ist ein Pseudonym von Franziska Franke. Sie schreibt ihre Romane um Sherlock Holmes und seinem Partner David Tristram so stilecht, wie es das Original kaum besser machte.«
(Detlef Knut, DK-literatur-blogspot.de)

KRIMINALROMAN

KRIMINALROMAN